D0558377

PASIÓN EN LA TOSCANA
SHARON KENDRICK

Editado por Harlequin Ibérica.
Una división de HarperCollins Ibérica, S.A.
Núñez de Balboa, 56
28001 Madrid

© 2009 Sharon Kendrick
© 2017 Harlequin Ibérica, una división de HarperCollins Ibérica, S.A.
Pasión en la Toscana, n.º 2566 - 23.8.17
Título original: The Italian Billionaire's Secretary Mistress
Publicada originalmente por Mills & Boon®, Ltd., Londres.
Este título fue publicado originalmente en español en 2010

I.S.B.N.: 978-84-687-9961-2
Depósito legal: M-15502-2017
Impresión en CPI (Barcelona)
Fecha impresion para Argentina: 19.2.18
Distribuidor exclusivo para España: LOGISTA
Distribuidores para México: CODIPLYRSA y Despacho Flores
Distribuidores para Argentina: Interior, DGP, S.A. Alvarado 2118.
Cap. Fed./Buenos Aires y Gran Buenos Aires, VACCARO HNOS.

Capítulo 1

LAS COSAS tenían que cambiar, se dijo Angie. Se miró los dedos temblorosos con curiosidad, como si pertenecieran a otra persona. Pero no, aquellas uñas limpias y sin pintar le pertenecían a ella, una ingenua enamorada de un hombre que estaba fuera de su alcance. Un hombre que apenas se daba cuenta de que ella era alguien del sexo opuesto y que la trataba como trataría a uno de sus coches deportivos. Sí, era cierto que Ricardo trataba a sus coches con cuidado, pero ella no era un objeto funcional e inanimado, ¿o sí? Era una mujer con sus propios deseos, deseos que nunca iba a poder satisfacer. Tenía que dejarlo, debía hacerlo. Porque, si no hacía algo para evitarlo, iba a pasar el resto de su vida amando a un hombre que no podía corresponderla. Y, antes o después, se le rompería el corazón en pedazos cuando él eligiera una esposa apropiada de entre la lista de actrices y modelos con las que solía salir.

Ricardo Castellari era su jefe y el hombre que poblaba todos sus sueños. Pero por poco tiempo. Con el nuevo año, iba a buscar un nuevo empleo, lejos de la distracción de aquellos ojos negros italianos y aquella sonrisa capaz de hacer que cualquier mujer se rin-

diera a sus pies. Aunque hacía tiempo que él no sonreía. Ricardo llevaba unos días de humor sombrío y,
por una vez, ella no sabía por qué.

–Alégrate, Angie, ¡casi es Navidad!

Las palabras de la joven mecanógrafa sacaron a
Angie de sus pensamientos.

–Es verdad –repuso Angie, forzándose a sonreír.

Era casi Navidad y las oficinas de Castellari Internacional estaban decoradas con adornos de tem-
porada y algunas ramas de muérdago. Cuando había
fundado su sede en Londres, Ricardo había prohi-
bido el espumillón en nombre del buen gusto. Pero,
poco a poco, se había ido rindiendo a la demanda de
sus empleados, según iban siendo introducidos nuevos adornos cada año, cada vez más chillones. Ese
año, la sala de empleados se parecía a la gruta de
Santa Claus, pensó Angie.

Había adornos en tonos dorados, plateados, verdes y escarlata alrededor de todos los cuadros y
puertas y las máquinas de fax estaban ornamentadas
con luces de colores. La cafetería que había debajo
de la oficina se pasaba el día poniendo villancicos y,
el día anterior, Angie se había emocionado cuando
la banda del Ejército de Salvación se había puesto a
tocar en la plaza, y les había echado un billete de
cinco euros a los músicos.

Sí, era casi Navidad y eso era parte del problema.
Esa era la razón por la que Angie estaba tan sensible. La Navidad provocaba algo en el mundo en ge-
neral y en los individuos en particular, se dijo ella.
Cristalizaba sus miedos y sus esperanzas. Le hacía
soñar, desear y ansiar lo deseado. Y, por mucho que

ella intentara lo contrario, le hacía darse cuenta de las cosas que le faltaban en la vida.

–¿Te apetece la fiesta de la oficina de esta noche? –preguntó la mecanógrafa, una joven llamada Alicia que se había incorporado hacía solo unos meses.

–¿Bromeas? –repuso Angie, esbozando un gesto burlón.

–¿Cómo es? –preguntó Alicia, ilusionada–. Todo el mundo dice que es genial, ¡en uno de los restaurantes más caros de Londres y sin reparar en gastos! ¿Y es cierto que el señor Castellari se queda toda la velada?

Angie estaba acostumbrada a que las empleadas nuevas se quedaran impresionadas con su jefe. ¿Acaso no le había pasado también a ella misma? Ella también le había lanzado miradas a escondidas y se había preguntado cómo era posible que un hombre fuera tan guapo. La única diferencia era que ella había sido sacada de la sala de mecanografía por el mismo Ricardo para ser su secretaria personal. Aunque no había estado muy segura de por qué la había elegido, entonces se había sentido en las nubes. Sin embargo, las cosas habían cambiado. A veces, pensaba que su vida sería menos complicada si no hubiera sido ascendida. De ese modo, podría haber continuado con su vida, haber tenido en cuenta a otros hombres, lejos de la presencia apabullante del sensual italiano.

Angie sonrió a Alicia.

–Sin duda. Se quedará hasta el final.

Lo cierto era que a Ricardo no le entusiasmaba la Navidad, pensó Angie. Pero, una vez al año, se esforzaba por darlo todo y satisfacer las expectativas de la gente de su empresa. Derrochaba dinero en una fiesta de la que se seguía hablando meses después y le daba a todo el mundo un generoso aguinaldo. Incluso a ella. Aunque ella hubiera preferido, en ocasiones, recibir algo más… personal.

Diciéndose que no tenía sentido desear lo imposible, Angie se levantó y se alisó la falda.

–Tengo que irme a arreglar unas cosas. Ricardo está a punto de volver.

–¿Ah, sí? –preguntó Alicia con envidia.

–Sí. Está llegando del aeropuerto.

Angie conocía la agenda de Ricardo al dedillo. La limusina oscura lo recogería en el aeropuerto central de Londres. Él se acomodaría en el asiento trasero, se aflojaría la corbata y, tal vez, se pondría a revisar algunos papeles. O hablaría por teléfono en alguno de los tres idiomas que conocía. Quizá, también intercambiaría algunos comentarios con su chófer, Marco, que también hacía de guardaespaldas cuando era necesario.

–Es más… –continuó Angie y miró el reloj–, si las carreteras están despejadas, podría estar llegando...

El busca de Angie comenzó a sonar y, a pesar de su esfuerzo por evitarlo, se le aceleró el pulso al instante.

–Disculpa –dijo Angie con una breve sonrisa a la secretaria, tratando de ocultar su excitación–. Pero ya ha llegado.

Angie se apresuró hacia su despacho, contiguo al de Ricardo. Esbozó una sonrisa al entrar en la espaciosa e iluminada habitación. Porque, aunque estuviera acostumbrada a ella, no dejaba de maravillarse por trabajar en un lugar tan hermoso. Era como la foto de una postal.

La sede central de Castellari daba a la impresionante plaza de Trafalgar Square, que siempre estaba preciosa con su fuente y su alta estatua, pero nunca tan hermosa como en Navidad. El alto abeto enviado todos los años por el rey de Noruega estaba iluminado y todas las ventanas que la vista alcanzaba estaban adornadas con luces de Navidad. Angie se quedó mirando por la ventana. Parecía… mágico.

Entonces, Angie oyó el sonido de unos pasos familiares en el pasillo. Unos pasos que habría reconocido aun atravesando la nieve más espesa. Corrió a recibirlo y se esforzó por ocultar su melancolía, reemplazándola por la expresión tranquila y eficiente que Ricardo se había acostumbrado a esperar de su secretaria. Pero nada pudo detener la repentina aceleración de su pulso cuando se abrió la puerta y se encontró frente a frente con la atractiva cara de su jefe.

–Ah, Angie. Aquí estás. Bien.

La voz de Ricardo, profunda y con marcado acento, le acarició la piel a Angie como si fuera seda. Él dejó su abrigo y su maletín en uno de los sillones de cuero. Tenía el pelo despeinado, como si hubiera estado pasándose los dedos por la cabeza, y la corbata aflojada, como ella había previsto. Lanzándole una breve sonrisa, Ricardo tomó unos papeles y empezó a ojearlos.

–¿Puedes prepararme los papeles sobre la oferta de compra de Posara?

–Claro, Ricardo –replicó ella y, de forma automática, recogió el bonito abrigo de cachemira de él y lo colgó en el perchero.

¿Delataría su expresión que se sentía herida porque el hombre que llevaba cuatro días sin ver apenas la había saludado?, se preguntó Angie. Ni siquiera «hola», ni «cómo estás». Si hubiera sido sustituida por una de las otras secretarias, ¿se habría dado cuenta él alguna vez? Pero las buenas secretarias no debían obsesionarse porque se las tratara como si fueran invisibles. Y ella se enorgullecía de ser una buena profesional.

–¿Has tenido buen viaje? –preguntó Angie con educación mientras depositaba sobre la mesa el archivo que él le había pedido.

–Nueva York es Nueva York. Ya sabes. Llena de gente, hermosa –respondió él, encogiéndose de hombros.

Lo cierto era que Angie no lo sabía, pues nunca había estado allí.

–Supongo que sí –comentó ella, tragándose la pregunta que se moría por hacer. ¿Habría él visto a Paula Prentice, la mujer con la que todos los periódicos le habían estado relacionando hacía un año? La bella Paula, tan rubia y con un cuerpo tan impresionante, había sido elegida «La más deseada» por una popular revista masculina.

Cuando Ricardo había estado saliendo con la belleza californiana, había pasado muchos fines de semana en Nueva York y Angie no había dejado de escrutar su rostro con ansiedad cuando él regresaba, preguntándose si iría a anunciar su matrimonio con

Paula. Pero no había sido así. Para su alivio, habían roto, según habían afirmado los periódicos, ya que Ricardo nunca hablaba de su vida privada.

–¿Y qué tal el asunto Camilla? –preguntó ella, pues ese había sido el acuerdo financiero que Ricardo había ido a tratar a Nueva York.

–*Snervante*! ¡Frustrante! –tradujo él, quitándose la corbata del todo.

–Ya lo había entendido, no hacía falta que lo tradujeras, Ricardo.

–¿Ah, sí? –repuso él, arqueando las cejas. ¿Acaso su eficiente y callada secretaria sabía lo que era la frustración?, se preguntó. Lo dudaba. La única frustración que podía imaginar en ella era la de no encontrar un nuevo patrón de punto de cruz. O que se le averiara la televisión, tal vez–. ¿Acaso has tomado un curso acelerado de italiano?

–Pues no. ¡Puede que mi italiano sea malo, pero comprendo muy bien tus exclamaciones y tus maldiciones, después de haber estado trabajando para ti tanto tiempo! –replicó ella–. ¿Quieres café?

Ricardo esbozó una breve sonrisa.

–Me encantaría un café, ¿lo sabías?

–Claro, lo sabía porque…

–¿Por qué?

–Porque eres completamente predecible.

–¿Sí?

–Como el sol que sale por la mañana. Dentro de un minuto, comenzarás a quejarte de que esta noche sea la fiesta de la oficina…

–¿Es esta noche? *Madonna mia*!

–¿Lo ves? –murmuró ella, acercándose hacia la

cafetera que él había hecho llevar de Italia–. Completamente predecible.

Ignorando la carpeta que tenía delante, Ricardo se sentó y observó a Angie durante un momento, pensando que ella era la única mujer a la que, de vez en cuando, permitía que se burlara de él. Sin duda, ella era mucho menos tímida que cuando había empezado a trabajar para él, aunque su forma de vestir no había mejorado nada. Con gesto de desaprobación, reparó en su pulcra falda y en la blusa blanca que la acompañaba. ¡Qué vestimenta tan aburrida! Aunque, quizá, no debería criticar su aspecto, ya que su sencillez había sido una de las razones por las que la había contratado.

Ricardo había estado buscando a alguien que reemplazara la figura maternal de la que había sido su secretaria desde su llegada a Londres, una mujer que había dejado el puesto, a pesar de sus súplicas, porque quería pasar más tiempo con sus nietos.

Había sido un agotador día de entrevistas, en el que todas las aspirantes a ser su secretaria le habían parecido más bien aprendices de modelo en busca de algo más.

Ricardo sabía lo que quería y no quería distracciones dentro de la oficina, mujeres cruzando y descruzando las piernas para dejar ver sus ligueros o apoyándose sobre la mesa para acentuar su escote. De hecho, para él la oficina era un refugio de las constantes atenciones que las mujeres le requerían desde que era adolescente.

El día de entrevistas no había sido nada fructífero, a pesar de que había pasado ante él un desfile de secretarias bien cualificadas, pues ninguna de ellas se había ajustado a lo que él quería. Ninguna de ellas se había inmutado cuando les había dicho que lo que buscaba era una secretaria a la vieja usanza. No una ayudante, ni alguien que lo tratara en términos de igualdad. También les había dicho que no estaba interesado en enseñarles nada y que no había la posibilidad de ascensos rápidos en el negocio.

Su ultrajante afirmación no había desanimado ni a una sola de las candidatas y Ricardo las había rechazado a todas, pues le había parecido que no había habido ni una que no se hubiera ido a la cama con él antes de que acabara el día. Y él quería una secretaria, no una amante.

Pero, entonces, de camino a casa, había pasado por delante de la puerta de la sala de mecanografía, donde había visto a una diminuta secretaria inclinándose sobre un archivador. Para su sensibilidad italiana, el atractivo de aquella mujer era inexistente, pues llevaba una falda funcional que no le favorecía y el pelo recogido hacia atrás en un moño apretado.

Entonces, al observar la dedicación con que ella había buscado en el archivador, a pesar de lo tarde que era, Ricardo había pensado que lo más probable era que esa mujer no tuviera prisa por llegar a casa; ni era probable que tuviera una horda de hombres haciendo cola ante su puerta. Quizá, era una de esas personas que vivían para el trabajo, se dijo.

Ella había notado su presencia, sin duda, pues se había girado, y se había sonrojado al verlo allí. Hacía mucho tiempo que ninguna mujer se había sonrojado en su presencia, había pensado Ricardo, sonriendo.

—¿Puedo... puedo ayudarle, señor? —había preguntado ella con esa clase de deferencia que indicaba que sabía exactamente quién era él.

—Quizá, sí —respondió Ricardo, escrutando los alrededores de la sala comunal y, luego, mirando los largos dedos de su interlocutora—. ¿Sabes escribir a máquina?

—Sí, señor.

—¿Rápido?

—Oh, sí, señor.

—¿Y qué dirías si te pido que me hagas un café?

—Le preguntaría si lo quiere solo o con leche, señor —había replicado ella con suavidad.

Ricardo había sonreído. Esa mujer no parecía tener demasiadas ambiciones. Ni mostraba la ridícula actitud moderna de las que no estaban dispuestas a servir a los hombres.

Angie había sido instalada en su despacho al día siguiente y, hasta ese momento, había sido la mejor secretaria que había tenido. Sobre todo, porque ella sabía cuál era su sitio y no tenía intención de abandonarlo. Y, más aún, porque no se había enamorado de él, aunque era obvio que lo adoraba, como les ocurría a todas las mujeres.

El delicioso aroma a café interrumpió los pensamientos de Ricardo. Angie le acercó una taza de café. *Cappuccino*, porque aún no eran las doce. Después del almuerzo, ella le prepararía un *expresso* solo. Esa mujer era como un bálsamo para su alma cansada, pensó él de pronto. Como un largo baño caliente después de un vuelo trasatlántico.

Durante un instante, Ricardo se relajó. Pero solo durante un instante.

Su estancia en Nueva York había estado llena de problemas, pues la actriz con la que había estado saliendo a comienzos de año se negaba a aceptar que lo suyo había terminado. ¿Por qué las mujeres mostraban tan poca dignidad cuando el hombre ponía punto y final a la relación?, se preguntó con amargura. Y también había tenido problemas en casa, en Toscana…

–¿Ricardo? –llamó ella con suavidad.

–¿Qué?

Angie estaba de pie, mirándolo, preguntándose qué haría que su hermoso rostro pareciera tan preocupado.

–¿Sabes que la fiesta empieza un poco más temprano este año?

–No me agobies, Angie.

–Solo quería recordarte la hora.

–¿Qué hora? –preguntó él, irritado.

–Empieza a las siete y media.

–¿Y el restaurante ya está reservado?

–Todo está listo. Ahora mismo voy para allá para comprobar unos detalles de última hora. Lo único que tú tienes que hacer es aparecer por allí.

Ricardo asintió. Quizá, tendría tiempo de dormir algo.

–Iré a mi piso y me cambiaré –dijo él–. Luego iré directo al restaurante. No tengo nada urgente de lo que ocuparme aquí, ¿verdad?

—Nada que no pueda esperar al lunes.

Angie se giró para irse y, mientras observaba distraído la falda que tan poco se ajustaba a sus curvas, Ricardo recordó el paquete que había dejado en el coche.

—Ah, Angie.

—¿Sí, Ricardo?

—No sueles molestarte en arreglarte, como las otras chicas, ¿no es así? —preguntó él despacio—. Para la fiesta de la oficina, me refiero.

Angie se detuvo e intentó esbozar una expresión de amable interés antes de volverse hacia él. La pregunta no solo era inesperada, sino que era muy hiriente para ella, aunque estaba segura de que no había sido la intención de su jefe herir sus sentimientos. Por supuesto que ella se arreglaba para la fiesta, pero sus gustos eran diferentes a los de las otras chicas. Era inevitable, pues su edad también era diferente. Con veinte años, una podía comprarse cualquier vestido barato en unos grandes almacenes, adornarlo un poco y terminar con un aspecto envidiable.

Pero ella tenía veintisiete y era un poco diferente. No quería correr el riesgo de parecer vulgar. Por eso, empleaba con cuidado su presupuesto, invirtiendo en ropas de buena calidad y estilo conservador. Ropas que nunca se pasarían de moda y que podía llevar año tras año. Además, el año pasado, se había puesto un vestido de punto de color beige precioso, con collar de perlas y todo, recordó.

—Bueno, me pongo cualquier cosa que tenga en el armario —respondió ella, decidida a ocultar sus sentimientos heridos.

–Pues tengo un regalo para ti en el coche –dijo él–. Le diré a Marco que te lo suba.

Angie parpadeó. ¿Un regalo? Normalmente, en Navidad le daba un aguinaldo y una caja de vino de su viñedo familiar de Toscana, que ella no solía beberse. Pero nunca antes le había regalado nada personal. Se alegró al pensarlo aunque, de pronto, se dijo que tal vez él sospechaba que había pensado dejar su trabajo y quería persuadirla para que se quedara. No, Ricardo no solía ser tan sutil.

–Cielos –dijo ella y se encogió de hombros, sin saber cómo reaccionar–. ¿Qué clase de regalo?

Ricardo la recorrió con la mirada y sonrió.

–Algo para ponerte –murmuró él–. Para la fiesta.

Capítulo 2

ANGIE soltó un grito sofocado al quitar la última capa de papel de envolver y sacar el vestido de la llamativa caja. Sus mejillas se pusieron del mismo rojo escarlata que era el vestido de seda que tenía entre las manos. De pronto, se alegró de estar a solas. Se alegró de que nadie pudiera verla. ¿Estaría Ricardo proponiendo, en serio, que se pusiera eso?

Era el tipo de vestido que solían lucir las modelos en las páginas de las revistas e, incluso Angie, había oído hablar del diseñador cuyo nombre estaba bordado en la etiqueta. Tragó saliva. Debía de haber costado una fortuna. Durante un instante, se le pasó por la cabeza el pensamiento de venderlo en una subasta de Internet. Pero... ¿y si Ricardo lo descubría? Sería un gesto muy desagradecido deshacerse de un regalo que tanto dinero le habría costado.

Angie lo levantó para verlo mejor bajo la luz. Su tela era muy brillante, llamativa. Entonces, un sentimiento nuevo para ella la recorrió. La curiosidad y el deseo de saber si alguien como ella podría ponerse eso. ¿No debería probárselo sin más? Solo para ver cómo le quedaba.

Angie se metió en el baño donde Ricardo, a veces, se duchaba cuando iba directamente a cenar después de la oficina. Cerró la puerta con llave y se quitó la falda y la blusa.

Lo primero que se le ocurrió fue que no podría ponerse sujetador con ese vestido, a menos que tuviera uno de esos sujetadores sin tirantes ni broche en la espalda. Pero ella no tenía nada de eso, su ropa interior era tan práctica como el resto de su guardarropa.

Con un gesto furtivo, se quitó el sujetador y se puso el vestido. En ese momento, oyó que alguien entraba en el despacho y se quedó paralizada. ¡Ricardo no le había dicho que esperara a nadie!

–¿Sí? –llamó Angie desde el baño, nerviosa.

–¿Angie?

Con cautela, Angie abrió la puerta y sacó la cabeza. Comprobó con alivio que se trataba de la joven Alicia.

–Sí, ¿qué quieres? –preguntó Angie, intentando no pensar en la suave seda que acariciaba su cuerpo.

–¿Qué estás haciendo? –preguntó Alicia a su vez, sin dejar de parpadear.

Durante un momento, Angie pensó en decirle a la joven que no era asunto suyo. Pero, enseguida, se dio cuenta de que Alicia le diría la verdad.

–¿Puedes darme tu sincera opinión sobre lo que estoy pensando llevar a la fiesta?

–Claro –repuso Alicia, sonriendo.

Angie salió al despacho y, nada más ver la conmocionada expresión de Alicia, supo que había hecho bien en preguntar.

–Voy a quitármelo.

–No te atrevas –dijo Alicia–. Ven a la luz para

que te vea bien. Oh, Angie, no puedo creer que seas tú. Estás… estás preciosa.

Nunca nadie le había llamado preciosa antes y Angie disfrutó del cumplido. Hasta que se vio a sí misma en el gran espejo del despacho. Nunca había entendido por qué las mujeres pagaban grandes sumas de dinero por ropas que podían ser reproducidas por una cantidad modesta en cualquier tienda de barrio pero, de pronto, lo entendió. ¿Cómo podía un sencillo trozo de tela darle un aspecto tan…?

Angie tragó saliva. La seda color escarlata parecía ajustarse a su piel a la perfección, marcando sus curvas traseras y sus pechos. Podría haber parecido provocativo, pero no era así, pues el material era de excelente calidad y el diseño acentuaba partes de su cuerpo que ella ni siquiera había sabido que poseía. Irradiaba sensualidad y elegancia.

–Oh, Angie. Pareces una princesa.

–Y me siento como una princesa –respondió Angie despacio, antes de apartarse del espejo–. No, no puedo ponérmelo.

–¿Por qué? –quiso saber Alicia, sin dar crédito a lo que oía.

–Porque… porque…

¿Porque qué? ¿Porque le hacía sentirse como una mujer diferente? ¿Porque le hacía sentirse excitada ante la idea de ir a la fiesta de un modo que no recordaba haberse sentido nunca? ¿O era porque Ricardo se lo había regalado?

¡Y eso era lo más increíble, que él se lo hubiera comprado! Con el corazón latiéndole a toda velocidad, se preguntó si Ricardo habría imaginado cómo le iba a quedar el vestido. Y si ese había sido el caso, ¿sería un desprecio no ponérselo?

—Tienes que ponértelo —dijo Alicia con firmeza—. Porque nunca te lo perdonarás si no lo haces.

Y Angie se dejó convencer. Se dijo que alguien tan joven y tan a la moda como Alicia se lo habría dicho si el vestido no hubiera sido apropiado. Incluso dejó que la otra secretaria la llevara a una de las tiendas de Oxford Street a comprar un par de zapatos de tacón que le hiciera justicia al vestido. Y un pequeño y coqueto bolso de mano negro. También se dejó soltar el pelo y peinar y, aunque nunca le había gustado el color rubio trigueño de su cabello, hasta ella misma quedó satisfecha con el arreglo. De hecho, siguió todos los consejos de Alicia y se dejó poner dos capas de máscara de pestañas y carmín en los labios.

El problema era que los preparativos llevaron mucho más tiempo del que Angie solía tardar. Por eso, en vez de ser la primera en llegar, fue la última. Normalmente, solía entrar en un restaurante y sentarse en una esquina, donde nadie se fijaba en ella.

Pero esa noche, no.

Esa noche, cuando se abrieron las puertas de cristal del restaurante, uno de los más prestigiosos de la ciudad, y Angie puso un pie dentro, pasó algo muy extraño. Hubo un silencio. Completo silencio antes de que el murmullo de las conversaciones prosiguiera. Ella parpadeó. No lo había esperado.

Un camarero apareció de la nada y se acercó a

ella, sonriendo en exceso. Angie mencionó el nombre de la mesa Castellari y el camarero le indicó que lo siguiera. Entonces, notó que todos los ojos se posaban en ella mientras caminaba. ¿Por qué la miraban? De pronto, presa del pánico, se alisó el vestido por detrás, creyendo que quizá se le había quedado pillado en las medias. Pero no, todo estaba en su sitio.

Al fin, llegó a la larga mesa donde estaban sentados casi todos los empleados de Castellari y allí estaba Ricardo, mirándola como nunca la hubiera mirado antes. Ella se puso nerviosa. ¿Y si a él no le gustaba el vestido?

Angie le dedicó una tímida sonrisa que él no le devolvió. En vez de eso, Ricardo siguió mirándola, lleno de asombro, incluso cuando le hizo un gesto para que fuera a su lado. Ella caminó hasta él, que no dejaba de observarla, como si fuera un bicho raro.

–¿Algo… no está bien? –preguntó ella, titubeante.

A Ricardo se le quedó la boca seca. ¿Cómo no iba a estar bien?, se dijo él. Lo que pasaba era que, hasta ese momento, no había tenido ni idea de que su secretaria poseyera los pechos más exuberantes y apetecibles que había visto, pechos que la seda del vestido acariciaba como si fueran los labios de un hombre. Tragó saliva. Ni había sospechado que ella tuviera una cintura tan fina. Ni unas caderas tan sensuales. Ni que sus piernas fueran tan… largas…

–*Ma che ca…* –comenzó a decir Ricardo y se interrumpió cuando el camarero le susurró algo en italiano y él le espetó algo como respuesta, haciendo que el otro hombre se retrajera.

Y, de repente, Ricardo señaló al espacio vacío a su lado para que Angie se sentara. Ella no podía creerlo. Lo habitual era que hubiera una batalla para sentarse al lado del jefe. Ricardo solía hacer un gesto de mando a los dos afortunados que elegía para que lo flanquearan, mientras ella se quedaba viéndolo desde una silla alejada.

Pero esa noche, Ricardo no prestaba atención a nadie que no fuera ella.

—¿A qué diablos estás jugando? —preguntó él.

Angie parpadeó, confusa. Ricardo la miraba de un modo extraño, con una rabia inexplicable.

—¿Qué quieres decir?

—Estás… —comenzó a decir él pero, por una vez, se quedó sin palabras.

—No te gusta el vestido, ¿es eso?

—No, no es eso —repuso él, negando con la cabeza e intentando apartar los ojos de su escote.

—Entonces, ¿qué?

Ricardo se puso la servilleta sobre el regazo, alegrándose de poder hacer algo que no fuera mirarla. ¿Cómo podía decirle a su secretaria que parecía otra? ¿Cómo podía confesarle que se sentía cómodo y relajado con la sencilla y anodina Angie, no con esa sensual criatura que atraía las miradas lascivas de todos los hombres del restaurante? Además, él estaba excitado, lo cual era inconveniente, además de inesperado.

—No esperaba…

Era la primera vez que Angie veía a Ricardo quedarse sin palabras, como si no supiera qué decir.

—¿No esperabas qué? —preguntó ella, aunque en

su interior sabía a qué se refería. Él no había esperado que el vestido le quedara bien, pensó y se sintió
herida una vez más.

Ella no era tonta y, por cómo la había mirado la
gente, sabía que su aspecto había cambiado. Y no
quería estropear su noche de Cenicienta con la mirada oscura y llena de reproche de él.

–Si quieres decir que este vestido no es apropiado para esta ocasión, recuerda que eres tú quien
me dijo que me lo pusiera y quien me lo regaló –señaló ella en tono cortante.

Entonces, el rostro de Ricardo se oscureció aún
más y pareció a punto de decir algo. Pero solo asintió y esbozó una sonrisa forzada.

–Perdóname por mis malos modales, Angie. El
vestido… te queda muy bien –afirmó él despacio.

Angie se sintió emocionada porque Ricardo le hiciera tal cumplido y lo que menos necesitaba era
sentirse más emocionada con su jefe. Tras aceptar la
copa de champán que el camarero le ofrecía, le dio
un pequeño sorbo.

–¿De verdad?

Claro que era de verdad, se dijo Ricardo. Le había regalado a Angie el vestido solo como un gesto
vano y conveniente y nada más. Y ella lo había sorprendido por completo.

Hacía mucho que ninguna mujer lo sorprendía,
reflexionó él.

Obligándose a recordar que aquella era la mujer
con la que pasaba más tiempo, la que le preparaba el
café y mandaba sus camisas a la tintorería, Ricardo
tomó su copa de champán, con aire pensativo. Debía

recordar también que era la fiesta de la oficina y que no volvería a ver a Angie hasta el Año Nuevo, en que ella sería otra vez la Angie anodina de siempre.

–¿Qué vas a hacer estas Navidades? –preguntó él, para darle conversación. Mientras, se obligó a tomar una gamba y esperó que su erección cediera cuanto antes.

–Ah, ya sabes –replicó Angie y bebió un poco más de champán. Estaba delicioso, pensó–. Con la familia.

Ricardo dejó el tenedor. Sin duda, él sabía mucho de familia, sobre todo de familias italianas disfuncionales. Pero la de Angie debía de ser diferente, pensó.

–Irás a ver a tus padres, ¿verdad? Déjame adivinar… ¿Pasaréis unas Navidades al estilo inglés, reunidos alrededor del árbol?

Obligándose a no cambiar de expresión, Angie se llevó la copa a los labios, más como técnica de distracción que por otra cosa. Además, el champán estaba empezando a hacerle sentir mareada.

–Bueno, la verdad es que no –contestó ella, forzándose a sonreír–. Como seguramente sabes, mi padre ha muerto y mi madre está muy preocupada porque mi hermana se está divorciando.

Ricardo afiló la mirada al percatarse de la sutil indirecta. ¿Debía él haberlo sabido? ¿Se lo habría dicho ella y lo había olvidado?

–Sí, sí, claro –dijo él y se encogió de hombros. Había esperado de Angie una respuesta educada, monosilábica, y no había contado con seguir hablando del tema. Pero era casi Navidad y ella se merecía que se comportara de forma civilizada–. ¿Y es una situación… difícil?

Angie conocía lo suficiente a su jefe como para distinguir cuándo hacía una pregunta para quedar bien y cuándo la hacía por sincero interés. Y, aunque por naturaleza solía ceder a los deseos de Ricardo, esa noche no se sentía con ganas de portarse como una complaciente secretaria. Decidió dejar que, por una vez, él le hiciera las preguntas y hablar de sí misma. ¿Acaso no llevaba demasiado tiempo interesándose por cómo se encontraba él, sin ser correspondida?

Angie pensó en las vacaciones que se avecinaban. En las llamadas desesperadas que su madre y ella recibirían de su hermana. En su frustración por no poder ayudarla, pues su hermana vivía muy lejos. Y pensó en Ricardo, que volaría a Toscana, al maravilloso castillo de su familia. Sus Navidades sí estarían llenas de emoción y diversión. Viviría nuevos retos y, probablemente, estrenaría novia.

–Lo cierto es que sí es difícil –admitió Angie–. Sobre todo en Navidad. Porque, como recordarás, mi hermana vive en Australia y no podemos estar allí con ella.

Ricardo se recostó en la silla para dejar que el camarero reemplazara las gambas por otro plato, de pescado también.

–Sí –dijo él–. Me imagino que no es fácil.

Angie lo dudó. Ricardo tenía muchas cualidades que lo hacían irresistible para las mujeres, pero su habilidad para ponerse en el lugar del otro no era una de ellas.

Angie se acercó y lo miró a los ojos.

—¿De veras puedes imaginarlo?

Ricardo estaba demasiado ocupado con la tentadora visión de su escote como para captar sus palabras. Se dio cuenta de que ella le había hecho una pregunta, así que intentó recurrir a lo más seguro, un acercamiento que siempre parecía funcionar y que a las mujeres les encantaba.

—¿Por qué no me hablas de ello? —murmuró él.

Angie se quedó boquiabierta por que Ricardo le diera carta blanca para contarle sus penas. Estaba siendo realmente atento esa noche, pensó ella. Comprensivo, por lo menos. Nadie más le preguntaba nunca por su vida. Y lo malo era que eso le daba esperanzas de que, al fin, él comenzara a darse cuenta de que era una mujer.

—Bueno, mi hermana no deja de llamarnos, histérica, porque su divorcio está siendo horrible.

Ricardo se encogió de hombros.

—Ah, así son los divorcios —comentó él, concentrándose en el dulce perfume que ella emanaba—. ¿Se casaron por amor tu hermana y su esposo? —preguntó.

—Oh, sí —repuso Angie. La pregunta le había sorprendido y, sin querer, se sonrojó al oír la palabra «amor» en boca de Ricardo.

—Bueno, por eso han roto entonces.

—No entiendo a qué te refieres —replicó ella, arqueando las cejas.

—¿No? Es sencillo. No te cases nunca por amor. No es de fiar.

Angie aprovechó la distracción momentánea de

alguien que le ofrecía un petardo típico de Navidad con sorpresa dentro, para intentar poner en orden sus pensamientos. Para poder formular algún tipo de respuesta y ocultar su decepción porque él tuviera el amor en tan poca estima.

—No lo dices en serio, ¿verdad, Ricardo? —preguntó ella, en tono deliberadamente burlón.

—Sí, *piccola* —repuso él en voz baja—. Claro que sí. No es realista que un hombre y una mujer se comprometan a pasar toda la vida juntos basándose en la química y la lujuria momentánea. Y el amor solo es una palabra educada para referirse a esas cosas.

—¿Qué crees que deberían hacer, entonces? —inquirió ella—. ¿Ir a una agencia matrimonial?

Ricardo comió un poco de su ensalada.

—Creo que una pareja debería tener muchas áreas compatibles en su vida y esforzarse mucho para que el matrimonio siga adelante, por el bien de los hijos. Algo que, por cierto, es muy poco común en estos días —opinó él, dejó la copa de champán y esbozó una breve sonrisa—. Y, por supuesto, es posible maximizar las probabilidades de éxito marital.

Angie se quedó mirándolo, atónita.

—¿Cómo?

—Con una novia que sea una generación más joven que el novio.

Angie estuvo a punto de atragantarse.

—¿Qué?

—Me has oído muy bien.

—Creí que mis oídos me engañaban.

—¿Por qué te sorprende tanto? —preguntó él con

aire descuidado–. Los hombres italianos llevan haciéndolo durante siglos. Mis propios padres se casaron así y fueron muy felices hasta la muerte de mi padre. Porque una combinación así es la mejor entre ambos sexos, un hombre experimentado capaz de educar a una joven virgen. Él le enseñará el fino arte del placer y ella le dará muchos años de fertilidad.

–Eres… eres… –balbuceó Angie, con la garganta cerrada.

Ricardo se acercó más a ella, disfrutando de su indignación y sintiendo que le excitaba más de lo que era debido.

–¿Soy qué, *piccola*?

–Ultrajante. Pasado de moda. ¿Quieres que siga? –replicó ella, intentando controlar la súbita oleada de excitación que le había despertado la proximidad de su interlocutor. Se dio cuenta de que lo que había despertado su furia no era tanto la noble defensa de los derechos de la mujer, como el hecho de que el criterio de Ricardo para encontrar novia acababa de dejarla fuera. Ella no era joven ni virgen–. No puedo creer que tengas un punto de vista tan anticuado, Ricardo.

Pero, en vez de parecer achantado por su crítica, Ricardo sonrió como un gato que hubiera recibido un plato de queso.

–Ah, yo digo lo que pienso, sea anticuado o no. Y nunca he fingido ser de otra manera, Angie –murmuró él.

Esa frase resumía cómo era él, pensó Angie. Ricardo siempre se había gustado a sí mismo. No importaba que expresara puntos de vista anticuados. A él no le importaba, desde luego, porque era rico y soltero, hacía en la vida todo lo que quería y no iba a empezar a cambiar en ese momento. ¿Por qué iba a hacerlo?

Angie se dijo que debía olvidar lo que sentía por él y concentrarse en disfrutar de la fiesta de la oficina.

–¿Quién quiere otro petardo sorpresa? –preguntó ella con alegría.

Ricardo se recostó en la silla y la observó mientras Angie sacaba un brazalete de plástico de dentro de un petardo sorpresa ya abierto y se lo ponía. Era una mujer buena, pensó. Era de ese tipo de personas que no se hacían notar y, en la sombra, hacían que una empresa funcionara, sin buscar atención ni fama. Él podía hablar con Angie como no podía hablar con ninguna otra mujer. ¿Qué sería del mundo sin gente como ella? Entonces, de forma imprevista, un pensamiento desagradable lo sorprendió. Estaría perdido si Angie decidiera dejar el trabajo.

¿La había tratado de forma adecuada?, reflexionó Ricardo. ¿Le había dedicado todas las atenciones que una secretaria de su nivel merecía? En ese momento, vio por la ventana que estaba nevando. La nieve no era común en Londres e indicaba que iba a ser una noche fría. Se fijó en el vestido que ella llevaba. Iba a ser una noche muy fría, sobre todo para alguien con un vestido así.

Y, justo en ese instante, Ricardo se dio cuenta de cómo otro camarero volvía a mirar a Angie con demasiado interés.

–¿Cómo vas a ir a casa? –le preguntó Ricardo de repente.

–¿A casa? –repitió ella tontamente, poniéndose tensa.

–Supongo que tienes casa. ¿Dónde vives?

La pregunta le resultó más hiriente a Angie de lo que hubiera debido. Ella lo sabía todo sobre él. Sabía qué talla de camisa usaba, en qué hoteles le gustaba quedarse, cuál era su vino favorito. Sabía la fecha del cumpleaños de su madre, su hermano y su hermana y siempre se lo recordaba con tiempo suficiente para que él comprara los regalos. Aunque, de forma inevitable, siempre terminaba siendo ella quien elegía los regalos. Pero eso era lo que hacían las buenas secretarias, ¿no?

Ella sabía dónde le gustaba esquiar a Ricardo en invierno y dónde solía disfrutar del sol en verano. Sabía que él nunca comía pudin pero que, a veces, le apetecía una onza de chocolate negro con el café. Incluso sabía qué flores le gustaba enviar a las mujeres con las que quería salir, rosas de color rosa, y el regalo de consolación que les hacía cuando decidía dejarlas, unos pendientes de perlas y diamantes de un joyero internacional, que ella misma también se encargaba de comprar.

Sin embargo, incluso después de cinco años de doblegarse a todos sus deseos y esforzarse por hacerle la vida lo más fácil posible, ¡Ricardo ni siquiera sabía dónde vivía ella!

–Stanhope –contestó Angie, dejando la cuchara del postre.

–¿Y dónde está eso?

–En la línea Piccadilly, hacia Heathrow.

–Pero eso está a kilómetros de aquí.

–Así es, Ricardo.

–¿Y cómo vas hasta allí?

–¿Cómo crees? ¿En una escoba voladora? –bromeó ella, sin poder evitar una risita.

Ricardo frunció el ceño. ¿Angie riendo? ¿Estaría borracha?

–Hablo en serio, Angie –dijo él.

–Oh, bueno. En metro –respondió ella, ladeando la cabeza y sintiendo su propio cabello sobre los hombros, algo a lo que no estaba acostumbrada–. Como todos los días.

Ricardo pensó en lo tarde que era. El metro estaría lleno de personas con ganas de fiesta, por las vacaciones de Navidad. Y, con el aspecto que Angie tenía, no la dejarían en paz. Entonces, no pudo evitar posar los ojos en las curvas de su acompañante, acentuadas por aquel vestido de seda que nunca debió haberle regalado. No era de extrañar que los camareros la hubieran estado rodeando como una manada de lobos durante casi toda la noche, hasta que él les había lanzado una mirada dejando claro que se jugaban la propina si seguían haciéndolo. ¿Acaso iba a dejar que se fuera sola en medio de la noche? ¡Sería como echar un cordero a los leones!

–Vamos, ponte el abrigo –ordenó él de forma abrupta–. Te llevo a casa.

Capítulo 3

DURANTE un momento, Angie se quedó mirando a Ricardo sin dar crédito a lo que oía, con la boca abierta.

–¿Vas a... vas a llevarme a casa?

–Sí.

–¿En el metro? –preguntó ella, intentando imaginarse al millonario acompañándola por la escalera mecánica.

–No, en metro, no –contestó él–. En mi coche.

–No puedes llevarme a casa en tu coche –objetó ella–. Has estado bebiendo.

–Puede que haya estado bebiendo, pero puedo controlar los efectos del alcohol y sospecho que tú no. Y, créeme, no hay nada menos atractivo que una mujer que parece borracha.

–Ese es un comentario muy machista.

–Es que soy un machista –replicó él–. Pensé que ya lo había dejado claro, *piccola*.

Angie tragó saliva. Había algo muy excitante en el modo en que él hablaba, que lo hacía sonar en parte como un reto y en parte como una amenaza. Pero *piccola* significaba pequeña, ¿no era así?, pensó ella, poniendo gesto triste. No era un gran cumplido.

–¿Estás insinuando que estoy borracha?

–No. Digo que has bebido suficiente alcohol para comportarte de manera… desinhibida. No creo que debas ir sola a casa, no sería seguro. Y resulta que yo no voy a conducir. Para eso pago a Marco. Ahora agarra tu bolso y vámonos.

Las palabras de Ricardo sonaron como una orden, pensó Angie. Del mismo modo en que él había hablado a la modelo con la que había estado saliendo, el día que la modelo había ido a su despacho antes de ir a cenar juntos.

Angie se dio cuenta de que una de las mujeres de recursos humanos los estaba mirando con una expresión muy peculiar.

–La gente… ¿no hablará de nosotros si nos vamos juntos?

–¿Por qué iban a hacerlo? –repuso él con una fría mirada–. Solo voy a llevar a mi secretaria a su casa.

¡Vaya forma de ponerla en su sitio!, se dijo Angie.

Marco tenía el coche esperando con el motor encendido y Angie se deslizó en el asiento trasero, olvidando que llevaba un vestido la mitad de corto de lo habitual.

Al captar un vistazo de su delicioso muslo, Ricardo sintió que se le encendía la sangre. Se apresuró a mirar a otra parte, hacia la ventanilla. El trayecto parecía no terminar nunca. Había decenas y decenas de casas, en apariencia todas iguales, con coches apretados junto a las estrechas aceras. Un pequeño grupo de jóvenes estaba reunido en una esquina, fumando.

Ricardo frunció el ceño. Angie no cobraba tan poco como para tener que vivir en un sitio así, se dijo.

El coche se detuvo frente a una casa alta y Ricardo se giró hacia Angie, que estaba recostada en el asiento, con la cabeza hacia atrás. ¿Estaría dormida? En ese momento, no parecía la secretaria eficiente que él conocía, pensó, y la tocó con cuidado en el hombro para despertarla. Le sorprendió la suavidad de su piel. Y no pudo evitar echar otro vistazo a sus tentadores muslos.

Angie empezó a despertar. Se había dejado acunar en un estado de ensueño por la cálida temperatura del interior del coche y su suave ajetreo. Pero, cuando abrió los ojos, se encontró con que seguía soñando. Ricardo estaba inclinado sobre ella. Por un instante, ella se perdió en su mirada y se dejó invadir por una de sus fantasías recurrentes, la de que Ricardo estaba a punto de besarla.

Ya estaba bien de fantasías, se reprendió Angie a sí misma. El vestido. El coche con chófer. Pero se acercaba la medianoche y el carruaje estaba a punto de convertirse en calabaza.

Angie parpadeó, esforzándose por incorporarse. Buscó su bolso en el suelo del coche.

–Gracias por traerme.

–No te preocupes.

Ricardo no hizo ningún amago de irse y Angie, de pronto, cayó en la cuenta de que debía ser más educada. Él se había desviado kilómetros para llevarla a su casa. Y no había comido casi en la cena. Lo menos que podía hacer era ofrecerle un café. Lo más probable era que él rechazara la oferta. Porque era una situación extraña, desconcertante. ¡Ricardo estaba en la puerta de su casa!

–Eh... ¿quieres una taza de café?

Ricardo había estado a punto de pedirle a Marco que le abriera la puerta a Angie, pero se mordió la lengua. Algo le hizo, de forma inesperada, no rechazar su oferta al instante. ¿Sería el deseo de ver cómo vivía alguien como Angie, de un mundo tan alejado del suyo? De pronto, se sintió increíblemente curioso, como si fuera un turista en una ciudad extranjera y se encontrara ante un laberinto oculto, deseando saber adónde conducía.

–¿Por qué no? –dijo Ricardo y se inclinó para abrirle la puerta.

Durante un segundo, Angie se puso tensa. En todos los años que habían trabajado juntos, habían estado cerca, pero no tan cerca. Su tentador aroma a sándalo y a hombre la estaba dejando sin aliento.

Angie salió del coche con manos temblorosas y el corazón latiéndole a toda velocidad. Metió la llave en la cerradura de la puerta, intentando recordar cómo había dejado la casa al salir esa mañana. Porque, aunque solía ser muy ordenada, también era humana. ¿Y si él quería usar el baño y se encontraba con su ropa interior tirada por ahí?

Angie le mostró el salón, intentando no avergonzarse de su pequeño hogar, pero le costaba no verlo con los ojos de él. El salón era diminuto y sus muebles, viejos. Y, aunque les había dado varias capas de pintura a las paredes, no había conseguido disimular el feo papel que las cubría. Ni el hecho de que la cocina pareciera sacada del siglo pasado.

–Yo… voy a… iré a poner la cafetera –anunció ella.

Angie salió del salón y, a continuación, fue al baño a recoger su ropa interior. No pudo evitar reparar en la bañera desconchada y en el viejo lavabo. Rezó por que él no quisiera utilizar el baño.

Cuando regresó al salón con la bandeja del café, encontró a Ricardo mirando por la ventana. Se había quitado la chaqueta y la había colocado sobre el sofá. Su elegancia italiana contrastaba demasiado con el humilde escenario de la casa, pensó ella.

Ricardo se giró y Angie le tendió una taza, con el logotipo desgastado de un club deportivo. Lo cierto era que todo en su vida estaba desgastado, se dijo ella. O, tal vez, eso le parecía al ver a Ricardo allí parado, tan vibrante y lleno de carisma. Espero que él hiciera algún comentario educado acerca de su casa, pero Ricardo no dijo nada. Se dio cuenta de que él seguía teniendo el mismo aire distraído y tenso que hacía semanas.

–¿Todo… bien, Ricardo?

Los pensamientos de Ricardo habían estado a kilómetros de distancia. Al oírla, salió de su ensimismamiento y se encontró en el pequeño salón, con una taza de café en la mano.

–¿Por qué me lo preguntas?

–Es que… te veo un poco… no lo sé. Un poco tenso, más de lo habitual.

Ricardo la miró con desconfianza. ¿Angie lo espiaba? ¿Intentaba meterse donde no le importaba? Pero el rostro de ella mostraba una preocupación sincera. Pensó que, con Angie, podía hablar como no podía hacerlo con otras mujeres, pues la relación entre secretaria y jefe era, por naturaleza, muy cer-

cana. ¿Podría confesarse con ella, revelarle sus preocupaciones y dejarse consolar por su dulce sentido
común?

—Problemas de casa —contestó él, encogiéndose
de hombros, y dejó la taza sobre la mesa.

Angie sabía que, aunque él llevara mucho tiempo
viviendo en Londres, Italia siempre sería su casa y
Toscana, su hogar.

—¿Algo relacionado con la futura boda de tu hermana? —insinuó ella.

Ricardo la miró con aire de sospecha.

—¿Cómo lo sabías?

Angie ignoró su tono acusatorio. Sabía que a él le
gustaba mantener privacidad sobre sus asuntos familiares, pero era inevitable que ella hubiera oído la
mayoría de sus conversaciones telefónicas, sobre
todo, cuando él se había enojado y había subido el
tono de voz.

—Te he oído… —comenzó a decir ella, titubeante.

—¿Oírme qué, Angie?

—Tener… discusiones —contestó ella con toda la
delicadeza posible.

Ricardo se dio una palmada en el muslo, enojado.

—¿Quieres decir que me has oído decirle a mi hermana lo afortunada que es por haber encontrado a
un aristócrata que quiere casarse con ella? ¡Un duque que quiere convertirla en duquesa!

Angie lo miró con gesto reprobatorio. ¡Qué esnob
era él a veces! Ella había visto a la rebelde hermana
de su jefe en un par de ocasiones y no podía imaginarse a Floriana formando parte de la aristocracia italiana. De pronto, pensó que Ricardo debía de ser un

hermano terrible, siempre ordenando ser obedecido. Y sintió compasión por Floriana. Y una simpatía que la impulsó a defenderla.

–Pero lo más probable es que la posición social de ese hombre no sea tan importante como los sentimientos de tu hermana. ¿Ella… lo ama?

Ricardo esbozó una sonrisa burlona.

–Por favor, no empieces con esa fantasía, Angie. Sobre todo cuando, en el restaurante, te he dejado claro cuáles son mis sentimientos sobre el amor. Aldo la adora. Es un hombre rico y de buena posición. Le ha dado a Floriana la estabilidad que ella necesitaba. ¡Es un honor que haya elegido a mi hermana para ser su esposa! Él le dará seguridad y una excelente calidad de vida y ella le dará el heredero que necesita para continuar su linaje.

–¿Linaje? –repitió Angie con incredulidad.

–¿Acaso también tienes problemas con eso?

–Me parece una manera muy fría de considerar el matrimonio.

–No es fría, es práctica –le espetó él–. Pero supongo que tú lo sabes mejor, ¿no, Angie? ¿Es que tienes mucha experiencia en matrimonios?

El cruel comentario le hizo daño a Angie y despertó su indignación.

–¿No crees que se te ha olvidado mencionar algo vital? –contraatacó ella–. Rechazas el amor, ¿pero qué pasa con la pasión? ¿Hay algo de eso?

«Pasión».

La palabra se abrió paso en la mente de Ricardo como una pesada piedra lanzada a un estanque, provocando un súbito oleaje. Era una palabra que no le pegaba demasiado a la callada Angie y que, al mismo tiempo, parecía la más apropiada, teniendo en cuenta el color del vestido que ella llevaba.

Ricardo sintió que se le aceleraba el pulso. Igual que en el restaurante, sintió que se iniciaba una erección. Se sintió tentado y no pudo evitar recordar que hacía mucho tiempo que no disfrutaba de los placeres de la carne. Sin querer, recorrió a Angie con la mirada. Piel blanca bajo seda roja.

–¿Pasión? –dijo él, mientras comenzaba a latirle el pulso en las sienes–. ¿Qué sabes tú de la pasión?

–He… leído libros –se apresuró a contestar ella, pensando que no había debido sacar el tema.

–¿Solo libros? –preguntó él, provocador.

Entonces, Angie se dio cuenta de que una nueva tensión poblaba la habitación, una atmósfera tan peligrosa como excitante. ¿Lo había imaginado o el cuerpo de Ricardo se había puesto más tenso y alerta? Como un atleta preparándose para la carrera que tenía por delante. La estaba mirando del mismo modo en que la había mirado al verla entrar en el restaurante. Aunque su mirada parecía, en ese momento, sazonada con algo más. Algo que ella reconoció como deseo.

Angie notó cómo se sonrojaba. De pronto, se sintió en medio de una situación demasiado comprometida. No era correcto que él estuviera allí, con Marco esperando fuera en la limusina. Sintió que estaba ante un terreno desconocido y lleno de peligros.

–Mira, se está haciendo tarde y no quiero entretenerte más. Gracias… muchas gracias por traerme, Ricardo –dijo ella, titubeante–. Y por el vestido, claro. Me encanta.

Nada más decirlo, Angie supo que lo más probable era que nunca volviera a ponerse ese vestido. Con ese vestido, no podía pasar desapercibida y no era ella. ¿Por qué una mujer como ella iba a llevar un vestido que costaría lo mismo que su hipoteca mensual?

–Ha sido un placer –contestó él, intentando ignorar su erección, cada vez mayor. Pero la súbita expresión nostálgica de ella le hizo sentirse aún más incómodo. ¿Debería decirle que no le diera tanta importancia a lo del vestido?–. Angie –llamó con suavidad.

Angie nunca le había oído hablar en ese tono de voz.

–¿Qué? –musitó ella, levantando la vista hacia él, hacia los rasgos duros y hermosos que tan bien conocía.

Ricardo percibió su perfume, sin poder apartar los ojos de ella. Su pelo era del color del maíz maduro. Sus ojos estaban más brillantes esa noche y sus labios brillaban con un toque provocativo que nunca había percibido antes en ella. Era la misma esencia del peligro. Sin embargo, él parecía estar clavado en el sitio. Su cuerpo embutido en seda roja lo llamaba como un canto de sirena.

Y, de repente, Ricardo se sintió poseído por un fuerte deseo. Admitió su abrumadora necesidad de tomarla entre sus brazos, a pesar de que sabía que aquello no debía suceder y a pesar de que esperaba que la juiciosa Angie lo impidiera.

Pero Angie parecía haber dejado de ser juiciosa esa noche, pensó Ricardo. Tenía los ojos fijos en él, con tal intensidad que parecían reflejar lo que él mismo sentía. Y se mordía el labio inferior como si intentara reprimir un urgente deseo. Un deseo que él reconoció al instante. Sin pensarlo, inclinó la cabeza y la besó. Y Angie le devolvió el beso como si le fuera la vida en ello.

Capítulo 4

RICARDO unió su boca a la de Angie y ella se estremeció de placer, pues la potencia del beso excedía todas las fantasías que había tenido con ese hombre. Y habían sido muchas.

¡Ricardo la estaba besando! ¡A ella! ¿Estaría soñando?

Pero no. Los sueños no hacían latir con tanta intensidad el corazón. Ni hacían temblar las rodillas. Los sueños no eran capaces de reproducir con tal vivacidad la sensación de tener a su atractivo jefe italiano recorriéndole el cuerpo con las manos como si tuviera todo el derecho a hacerlo.

–Oh –gimió ella, sin poder creer que aquello estuviera pasando de veras. Estaba entre los brazos de Ricardo Castellari y la estaba besando con tal pasión que ella estaba a punto de desmayarse de placer–. ¡Oh!

–¿Te gusta? –preguntó él al separar sus bocas.

–Oh, sí. ¡Sí!

Dejándose llevar, Ricardo cerró los ojos y se apretó contra ella. Sintió el suave contacto de sus pechos. No había planeado besarla y, por supuesto, no había contado con que fuera un beso tan intenso. En realidad, era el momento de la retirada, se dijo.

Era hora de echarle la culpa al vino y al sentimentalismo de las Navidades y salir de allí. Pero no le apetecía en absoluto. Porque su deseo era demasiado grande.

–Ricardo –murmuró Angie, jadeante, rozando el cuello de él con su aliento.

El modo en que ella pronunció su nombre fue determinante. En aquel instante, Ricardo supo que no sería capaz de ponerle punto final a esa locura.

–¿Qué? –preguntó él con voz ronca–. ¿Qué?

–Te... deseo –contestó ella, sin pensarlo. Llevaba demasiado tiempo reprimiendo esas palabras.

–¿Ahora? –murmuró él, con una seductora sonrisa, sintiéndose libre de las contenciones que sabía que debía aplicarse a sí mismo.

¡Cielo santo, ella era su secretaria!

Pero, de pronto, Ricardo pensó que aquello no importaba. Mientras Angie se restregaba contra él sin ninguna vergüenza, él sintió que nada más importaba aparte del urgente deseo de poseerla. Quería ver si el cuerpo que había tras ese vestido escarlata estaba a la altura de la tentadora promesa que llevaba volviéndolo loco toda la noche.

Ricardo se acercó más a ella y le deslizó la mano bajo el vestido. Pudo percibir cómo ella temblaba de deseo, al mismo tiempo que posaba la mano en uno de sus pechos y le acariciaba el pezón con el pulgar.

–¡Oh! –gimió ella, arañándole la espalda por encima de la camisa de seda.

Angie estaba ansiosa, muy ansiosa, pensó Ricardo. Una vez más, su conciencia le dijo que debía parar, que era una locura. Pero los impulsos de su cuerpo eran más urgentes y comenzó a levantarle la falda hasta la cintura.

Ella tenía un trasero sorprendentemente firme. Lleno de lujuria, Ricardo le apretó los glúteos con las manos. Las medias que llevaba le impidieron el acceso a un punto aún más íntimo.

Apartando su boca de la de ella, la miró mientras deslizaba un dedo por la cintura de las medias elásticas.

–Creo que es mejor que quitemos esto, ¿no te parece? –preguntó él.

Angie estaba tan aturdida por el deseo que se sintió incapaz de hablar. Tenía la boca seca y el corazón le latía a cien por hora. Sin embargo, una voz de alarma sonó en su interior. ¿Por qué no seguía él con lo que estaba haciendo sin más? ¿Por qué no la desnudaba allí mismo, sin pedirle permiso? Así el sexo, si eso era lo que iban a hacer, sería provocado por la pasión desbocada y no por una conversación racional. De ese modo, si se dejaban llevar por el calor del momento en vez de por la lógica, él no tendría oportunidad de descubrir su inexperiencia hasta que fuera demasiado tarde para parar.

Entonces, Angie consideró lo que significaba que Ricardo le quitara las medias. Eran unas medias especiales para moldear la figura, que había comprado a propósito para llevar con ese vestido ajustado. ¡Lo último que había imaginado entonces era que alguien fuera a quitárselas! ¿Se sentiría él decepcionado al descubrir cómo era su cuerpo en realidad debajo de las medias? Tenía un poco de barriga y caderas típicas de matrona. ¿Cómo podría ella compararse a las perfectas supermodelos con las que él solía irse a la cama?, se dijo, temblando con una mezcla de miedo y excitación al sentir que él le tocaba la piel desnuda.

Como ella no respondía, Ricardo le pasó los dedos por el pelo, haciendo que le cayera en una cascada sobre los hombros. De alguna manera, el gesto hizo que ella se sintiera muy deseada. Igual que cuando él inclinó la cabeza y empezó a besarla en el cuello.

–De pronto te has quedado muy callada, *cara mia*.

Sus palabras sonaban como poesía, pensó Angie. Temblando de placer mientras él seguía besándola, tragó saliva y se dijo que no importaba. No importaban ni sus medias ni las otras mujeres ni el hecho de que estuvieran en su pequeño y modesto apartamento en vez de en los sitios elegantes a los que él estaba acostumbrado. Lo único que le importaba era Ricardo, el único hombre que le había importado en la vida, aunque debía tener cuidado de no confesárselo nunca. Al menos, no esa noche.

–Sí, quítamelas –le susurró Angie al oído.

Ricardo miró a su alrededor en la habitación. ¿Era un sitio adecuado para hacerle el amor? Había un pequeño sofá y una gastada alfombra en el suelo. Si había algún sitio que fuera la antítesis del erotismo, era ese.

–Vayamos a la cama –le urgió él–. Vamos. Muéstrame dónde está.

Entrelazando sus dedos con los de él, Angie lo condujo hacia el dormitorio, llena de excitación. Ricardo la tomó entre sus brazos y empezó a besarla de nuevo, antes de volver a poner la atención en las ropas de ella.

–Bueno… ¿por dónde iba?

Ricardo le desabrochó la cremallera del vestido, que cayó como una caricia al suelo. Y le bajó las medias con un poco más de esfuerzo, trazando un camino con su lengua en la piel que iba quedando desnuda.

Angie gimió cuando él llegó a su vientre y contuvo el aliento, sin poder creer que él fuera a continuar un trayecto tan erótico. Pero Ricardo había hundido la cabeza en el suave vello de su pubis y ella temblaba. Debería sentirse avergonzada de que su jefe estuviera realizando un acto tan íntimo con ella. Sin embargo, no sintió nada más que una excitación salvaje y delirante cuando él le hizo tumbarse en la cama. ¿No era eso con lo que ella llevaba cuatro años soñando?

Angie le desabrochó los botones de la camisa, con tanta ansiedad que uno de ellos cayó al suelo.

–Ah, *cara*. Despacio, despacio –murmuró él, riendo con suavidad. Sorprendido y, al mismo tiempo, excitado por la impaciencia de ella, dejó la cartera y las llaves sobre la mesilla–. Debes esperar un poco.

Pero Angie no quería esperar. Se sentía como alguien que acabara de ver el arco iris, impresionada por su frágil belleza y consciente de que podía desaparecer en cualquier momento. Porque ella amaba a ese hombre. Llevaba años amándolo y ¿acaso no era esa la conclusión natural de sus sentimientos? Y lo último que quería era que Ricardo se lo pensara dos veces y cambiara de idea. Si su destino era pasar el resto de la vida sola, al menos quería tener esa noche como recuerdo para los años venideros.

Con una audacia inusual en ella, Angie comenzó a quitarle el cinturón de los pantalones. Él soltó un gemido de placer antes de apartarle la mano.

—¡No! —exclamó él.

—Pero…

—Estoy demasiado excitado y duro como para que me desvista alguien que no sea yo —rugió Ricardo y se bajó la cremallera. Les dio una patada a los pantalones antes de quitarse el resto de la ropa.

Entonces, de pronto, Ricardo estaba desnudo, igual que ella, y en la cama. El delgado colchón se hundió por el peso de un hombre a su lado y Angie se quedó anonadada mirando sus largos brazos y su musculosa figura.

—Ricardo —susurró ella. Él la tenía entre sus brazos y estaba en su cama, pensó. Quería preguntarle si aquello les estaba pasando de veras. Pero no encontró palabras para formular una pregunta así.

—¿Tomas la píldora? —quiso saber él.

Angie negó con la cabeza y él alargó la mano para tomar su cartera y sacar un preservativo.

—¿Quieres ponérmelo tú? —preguntó él.

—No. Hazlo… tú —repuso ella, sintiéndose tímida de repente, temiendo no ser capaz de hacerlo...

Entonces, Ricardo comenzó a besarla de nuevo, haciéndole olvidar todo lo demás. Sus hermosos labios parecían decididos a cubrirle de besos cada centímetro de piel.

Angie se relajó y sintió cómo el deseo la poseía

de nuevo, como si fuera una pluma sacudida en el ojo de la tormenta. Cuando Ricardo se colocó encima y la penetró, ella soltó un pequeño grito.

De inmediato, él se quedó paralizado.

–Por favor, dime que no eres virgen –pidió él e hizo un esfuerzo titánico para salir de ella.

Angie sintió que algo desconocido e incómodo se cernía sobre ellos, amenazando con romper la belleza del momento.

–No –murmuró ella–. Claro que no lo soy.

Ricardo, entonces, recordó que lo único que estaban haciendo era disfrutar de sus cuerpos y, despacio, comenzó a moverse de nuevo dentro de ella. Tentándola. Seduciéndola. Llevándola al borde del clímax y parando. Demostrando que controlaba la técnica a la perfección. Hasta que ella le suplicó que no parara y él fue incapaz de seguir controlándose.

Sintió cómo ella se estremecía en los brazos del orgasmo. Entonces, él se dejó ir, también.

Durante un instante, se quedaron tumbados allí. Ricardo empezó a notar que le vencía el sueño, como siempre le ocurría. Y él no quería porque, de ningún modo, quería encontrarse en la cama de Angie a la mañana siguiente. Pero le pesaban las piernas y supo que había perdido la batalla, mientras se le cerraban los párpados. ¿Era ese el modo en que la naturaleza le obligaba a quedarse con la mujer con la que acababa de hacer el amor?, se preguntó, somnoliento.

A su lado, Angie contuvo el aliento hasta que la respiración profunda y rítmica de él le dijo que estaba dormido. Aun así, no se atrevió a moverse, temiendo despertarlo y romper el hechizo. Porque, sin duda, algún tipo de magia había irrumpido en su vida esa noche. ¿Cómo, si no, podía explicar el que su amado Ricardo estuviera tumbado a su lado, desnudo y satisfecho después de hacerle el amor como… como…?

Angie tragó saliva. Había sido la experiencia más maravillosa de su vida. Había sido como decían los libros, aunque ella no lo había creído posible. Sabía que llevaba años enamorada de él, pero el hecho de hacer el amor había provocado que sus sentimientos se intensificaran. Entonces, le dio un vuelco el corazón al atreverse a desear ser correspondida. Porque Ricardo no le habría hecho el amor de ese modo si ella no hubiera significado algo para él, ¿o sí?

Con cuidado, Angie giró la cabeza para mirarlo. Iluminado por la pálida luz de una farola de la calle, al otro lado de la ventana, Ricardo parecía forjado en un metal precioso, como una de esas estatuas que se veían en los museos. Su pelo era muy oscuro, de un color tan profundo como el cielo sin luna. Igual que sus largas pestañas. Ella nunca había tenido la oportunidad de observarlo tan de cerca y admiró su belleza con avidez.

Al pensar qué pasaría a continuación, le dio un vuelco el corazón. Deseaba tocarlo. Acariciarle el pelo, la mandíbula. Atreverse a recorrer su fuerte torso y aún más abajo, siguiendo el sendero de su vello negro. ¿Debería despertarlo de forma erótica, como había leído que les gustaba a los hombres ser despertados?, se preguntó.

¿O era mejor dejarle dormir? Él había estado

bajo mucha presión en las últimas semanas. Además de los problemas con la boda de su hermana, había cerrado varios tratos de compras de compañías. Y lo más probable era que tuviera un poco de desfase horario tras su reciente viaje. ¿No sería mejor dejarle dormir y por la mañana…?

Angie sonrió. Era sábado y ninguno de los dos tenía que trabajar. Entonces, lo despertaría con sus besos y, después, le prepararía café. Incluso, tal vez, podría convencerle de que la esperara en la cama mientras ella iba a la panadería de la esquina. No vendían la bollería selecta a la que él estaba acostumbrado, pero tenían unos cruasanes que sabían bastante bien después de ser calentados en el horno y servidos con mermelada de cereza.

Dejó escapar un suspiro de satisfacción y se acomodó en su almohada. Ese mismo día, por la mañana, se había sentido desesperada, lista para empezar a buscar un trabajo nuevo y alejarse de la influencia de su jefe y en ese momento…

¿En ese momento?

Angie se acurrucó entre las sábanas. En ese momento, se sentía como si el mundo hubiera sido transformado por una magia poderosa.

Qué diferentes podían verse las cosas en cuestión de horas.

Capítulo 5

RICARDO abrió los ojos y se encontró mirando un techo moteado. A toda velocidad, los volvió a cerrar. Pero, cuando los abrió de nuevo, el techo seguía allí. Y él… también.

Contuvo la respiración un momento al darse cuenta de que había alguien en la cama con él y se quedó helado al recordar quién era.

¡Angie!

Poco a poco, comenzó a recordar los acontecimientos de la noche anterior. El vestido que le había regalado. La fiesta de la oficina. Demasiado vino y poca cena. ¡Ese maldito vestido! Y luego… luego la había llevado a su casa y la había poseído. Y ella se había entregado con toda su alma.

El corazón comenzó a martillearle en el pecho mientras seguía tumbado, quieto como una piedra, en la cama más pequeña en la que había dormido desde la infancia. Al fin, aunque temía despertarla, se arriesgó a girar la cabeza.

Sin el vestido, ella se parecía más a la Angie que conocía, aunque con el pelo suelto. Tenía la cabeza apoyada en la almohada, el rostro sonrosado y un pecho al descubierto.

Ricardo se sintió horrorizado. Su peor pesadilla se había hecho realidad.

¡Estaba en la cama con su secretaria!

Durante un momento, dejó que su mente vagara por los recuerdos de la noche anterior. El recuerdo de su suave piel. Cómo ella había disfrutado de sus caricias. Cómo lo había besado, justo igual que si hubiera sido la primera vez. No debía pensar en esas cosas, se dijo.

Lleno de amargura, Ricardo empezó a sacar una pierna de la cama y ella se removió a su lado. Él se quedó quieto de inmediato.

—Buenos días —murmuró Angie.

Ricardo se quedó petrificado. Ella había empleado ese tono característico, que delataba una especie de adoración que él conocía demasiado bien. Las mujeres siempre empleaban ese tono con él después de haber hecho el amor y él no podía hacer nada para evitarlo. Se giró para observarla y se puso tenso al ver cómo Angie lo miraba, con ojos de corderito. Ella no tenía la culpa de sentirse así, pensó. Las mujeres reaccionaban de forma diferente a los hombres, eso lo sabía todo el mundo. Un par de orgasmos bastaban para que ellas empezaran a imaginar cosas. Pero, con un poco de tacto, podía hacer que sus esperanzas se desvanecieran. Y, por cierto, era necesario que manejara aquel asunto con mucho tacto porque respetaba a Angie.

¡Como secretaria!

—Buenos días —repuso él con un breve sonrisa. El tipo de sonrisa que esbozaría si hubiera llegado un par de minutos tarde a una reunión de trabajo. Se inclinó hacia ella y la besó en la punta de la nariz. Un gesto lo bastante afectuoso como para hacerle saber que no pensaba mal de ella, pero sin darle esperanzas de que aquello pudiera llegar a alguna parte. Cuanto antes lo entendiera Angie, mucho mejor. Entonces, apartó la sábana y salió de la cama.

–¿Te vas a levantar? –le preguntó Angie.

–Tengo que ir al baño.

Angie sonrió.

–Está al otro lado del…

–Creo que podré encontrarlo solo –replicó él secamente.

Ricardo no ocultó su desnudez y Angie observó su musculoso cuerpo, maravillada. Debía haberse sentido tímida, ansiosa, insegura… pero, de algún modo, no fue así. Él le había hecho sentirse como una verdadera mujer por primera vez en su vida. ¡Ricardo estaba desnudo en su casa y a ella le parecía lo más natural del mundo!

Deseando haber tenido tiempo para lavarse los dientes, Angie se atusó con los dedos el pelo revuelto, se arregló lo mejor que pudo y se recostó en la almohada, esperando que él la besara de nuevo. Pero le dio un vuelco el corazón cuando Ricardo regresó a la habitación, agarró sus calzoncillos de seda del suelo y comenzó a ponérselos.

–No… no vas a irte, ¿verdad? –preguntó ella, incapaz de ocultar lo alarmada que estaba.

–Tengo que irme –contestó él. Necesitaba volver cuanto antes al orden normal de las cosas. Sin duda, ella se daría cuenta de que el episodio de la noche anterior, aunque gozoso, había sido del todo lamentable. Y debía ser olvidado de inmediato.

Sin embargo, al incorporarse en la cama, Angie dejó caer la sábana, quedando desnuda hasta la cintura. Y, una vez más, durante una milésima de segundo, Ricardo olvidó que se trataba de su secretaria. Y una fracción de segundo bastó para encender el deseo dentro de él. Al instante, sintió que su erección crecía y, por cómo lo miraba, ella también se percató.

—¿De veras tienes que irte? —susurró ella, olvidando su orgullo. Su deseo de estar con él era demasiado grande.

Ricardo apretó los labios.

—Si sigues mirándome con esos enormes ojos y mostrándome tus impresionantes pechos, puede que no sea capaz de separarme de ti, *mia bellezza*.

Angie sintió cierta aprensión ante el brillo de sus ojos oscuros, pero decidió ignorarla. No quería titubear. Lo quería a él. Y él la deseaba también, podía leerlo en sus ojos y en su cuerpo. ¿Por qué no demostrarle que ella podía ser su igual en el dormitorio, aunque él fuera el jefe en la oficina?

—Nadie te lo ha pedido —señaló ella con suavidad.

Hubo una pausa. Entonces, dejando caer al suelo los calzoncillos, Ricardo se acercó y se quedó mirándola. De pronto, no deseó otra cosa más que meterse en la boca uno de sus rosados pezones. Apartando la sábana, se metió en la cama y la tomó entre sus brazos.

—¡Ricardo! —exclamó ella, cuando la tumbaba sobre el colchón.

—¡Ricardo! —se burló él, pues en ese instante estaba enfadado, con ella y consigo mismo, por rendirse a la tentación cuando había decidido que era hora de irse. Sobre todo, cuando sabía que aquello era solo un modo de prolongar la agonía. Pero el deseo era capaz de debilitar a un hombre. Y, aunque él sabía que debía levantarse e irse, lo que hizo fue acariciarle el pezón con los labios–. Esto es lo que querías, ¿verdad? –preguntó, bajando la mano hacia la entrepierna de ella, notando cómo se estremecía–. ¿No es así?

–S–sí.

–¿Esto también?

–Sí –contestó Angie, cerrando los ojos.

–¿Y esto? –insistió él, acariciándola con los dedos–. ¿Qué te parece esto?

–¡Sabes que me gusta!

Con sus gemidos, Angie bloqueó las dudas de ambos. Se dijo que debía disfrutar del momento. Recorrió los duros muslos de él con las manos. Y le dio la bienvenida cuando se colocó sobre ella, penetrándola con fuerza y llevándola de nuevo a ese exquisito lugar donde nada más importaba.

Después, Angie se estremeció y alargó la mano hacia él, anhelando una intimidad de distinta clase. Necesitaba que él le asegurara que no acababan de cometer la mayor estupidez del mundo.

–Ricardo…

–¿Mmm?

–Ha sido… ha sido…

Ricardo le dio un beso en la frente y se apartó de ella.

–Ha sido sexo del bueno, *piccola*, aunque nunca debimos haberlo hecho.

Al principio, Angie pensó que lo decía en broma. Que quería provocarla. Pero, al observar su rostro, adivinó por su expresión que hablaba en serio. Él salió de la cama con determinación.

—¿Te vas?

En esa ocasión, Ricardo sí se puso del todo los calzoncillos y el resto de la ropa.

—Tengo que irme.

Ricardo no dijo por qué y Angie intentó recordar si él tenía citas planeadas para ese día. Pero, que ella supiera, no tenía ninguna.

—¿No quieres desayunar? —invitó ella, forzándose a sonreír.

Ricardo imaginó un desayuno recalentado en la gastada mesa de su vieja cocina y sintió un escalofrío.

—Una oferta tentadora, pero no tengo tiempo.

—¿Es que hoy tienes un día ocupado? —insistió ella, sin poder evitarlo. La antigua Angie nunca habría preguntado algo así. Ni habría esperado tanto de su respuesta.

Sin decir nada, Ricardo se dirigió al salón en busca de su chaqueta y la encontró colgada en el respaldo de una silla. Oyó pasos de pies descalzos detrás de él y, cuando levantó la vista, allí estaba Angie, anudándose el cinturón de una especie de quimono de seda. Él se esforzó en pensar cuál era la mejor manera de hacerle saber que había sido la aventura de una sola noche, sin tener que decirlo con esas palabras.

—Escucha, Angie… lo he pasado muy bien…

Pero Angie no era tonta y conocía a Ricardo lo bastante bien como para reconocer cuándo se quería deshacer de alguien. ¿Acaso no le había visto hacerlo a menudo en sus reuniones de negocios? Por eso, le interrumpió, ocultando lo herida que se sentía, con otra pregunta.

—¿Y qué pasa con Marco?

—¿Marco?

—Tu chófer y guardaespaldas, ¿recuerdas? Lo dejamos anoche sentado en el coche.

—Marco puede cuidar de sí mismo —contestó él tras una pausa.

Angie se asomó a la ventana, preguntándose qué pensarían sus vecinos al ver una limusina delante de su humilde casa.

—¡No está!

—Claro que no está. Normalmente, espera…

Angie se giró, muy despacio.

—Normalmente, espera ¿qué?

Ricardo se metió la corbata en el bolsillo.

—Nada.

—Por favor, dime. ¿O quieres que lo adivine? —continuó ella con el corazón latiéndole a toda velocidad.

Era mejor enfrentarse a los miedos, se dijo. Lo peor era la incertidumbre. Como todas las veces que sus padres le habían asegurado, de niña, que no pasaba nada. Y, luego, había resultado que su padre estaba enfermo desde hacía mucho tiempo y, cuando ella había descubierto lo grave de su enfermedad, había sido casi demasiado tarde para despedirse de él de forma adecuada.

—¿Tienes un tiempo fijado para tus aventuras nocturnas? —quiso saber Angie—. ¿Si no has aparecido después de cierto tiempo, significa que has tenido suerte y tu chófer puede irse?

–Lo has dicho tú, no yo –repuso Ricardo, sin amedrentarse ante su tono acusatorio.

–Así que he acertado –dijo ella, sonrojándose.

Ricardo apretó los labios. ¿Acaso Angie pretendía hacerle sentir culpable? ¿Por qué diablos iba a sentirse culpable? Había sido ella quien casi le había suplicado que la tomara, quien había estado tentándolo toda la noche y cruzando y descruzando sus cremosas piernas en el coche.

–¿Crees que es la primera vez que se da una situación como esta? –replicó él y la recorrió con la mirada–. Supongo que no es algo nuevo para ninguno de los dos.

Angie se encogió.

–¡No es necesario que me hagas parecer una especie de vividora!

–De nuevo, son palabras tuyas, Angie.

Angie sintió deseos de abofetearlo, pero ¿qué ganaría con eso? Ninguna mujer podía hacer daño a un hombre como Ricardo. Herida y enfadada, abrió la boca para defender su honor y la cerró de nuevo, pensando que no tenía sentido. Sería una pérdida de tiempo. Ricardo iba a creer lo que quisiera, como hacía siempre. ¡Igual que creía que su hermana debía estar agradecida porque un aristócrata fuera a casarse con ella a pesar de no amarlo!

Echando los hombros hacia atrás, Angie levantó la cabeza e intentó recuperar la dignidad.

–Creo que es mejor que te vayas ya.

Ricardo no se movió. La observó despacio, reparando en su enfado e intentando pensar en la mejor manera de calmar la situación. Porque, aunque lo que había pasado no debía haber pasado nunca, no merecía la pena darle demasiada importancia. Sin duda, no merecía poner en peligro su perfecta relación de trabajo. Y Angie no querría tirar por la borda un trabajo bien pagado solo porque se habían dejado llevar por un pequeño exceso de champán. Al cabo de un par de días, ella se sentiría aliviada de que el incidente hubiera sido olvidado, pensó él e intentó disipar la tensión con una sonrisa indulgente.

–Mira, olvidemos que esto ha pasado, ¿te parece? –propuso él y se encogió de hombros–. Volvamos a como estábamos antes.

¿De veras creía él que era tan sencillo? En silencio, Angie contó hasta diez. Si él supiera lo cerca que estaba de lanzarle la taza de café frío de la noche anterior… Pero, si le demostraba su rabia o su dolor, él sabría que le importaba. Y lo cierto era que ya no le importaba. ¿Cómo iba a importarle un hombre que tenía por corazón un pedazo de piedra, alguien capaz de llevarla al paraíso por la noche y dejarla tirada como si fuera una cualquiera por la mañana?

–Vete –repitió ella y se adelantó a la puerta, abriéndosela de par en par y desviando la mirada para ocultar sus lágrimas de humillación y vergüenza.

Capítulo 6

NO ESTÁS comiendo nada, Angie.
–No tengo hambre, mamá.
–No me digas eso, tesoro. Es Navidad. ¡Vamos, come algo más!

Angie se obligó a meterse otro trozo de comida en la boca y lo masticó, a pesar de que no le apetecía lo más mínimo. Estaba así desde que se había levantado esa mañana y había visto el puñado de regalos bajo el árbol, sin ningún entusiasmo. ¡Lo único que había deseado había sido meter la cabeza debajo de las mantas y quedarse en la cama todo el día, sin tener que pasar por la farsa de las fiestas!

Sin embargo, el día parecía una postal perfecta de Navidad, con la nieve cayendo sobre el pueblecito donde vivía su madre y todas las puertas decoradas con acebo.

Habían asistido a la tradicional misa en la pequeña iglesia local, Angie había hablado con gente que conocía desde pequeña y, luego, habían regresado a la casa por un camino bordeado de nieve, para abrir los regalos. Esos días siempre eran difíciles para su madre y ella misma sentía una profunda tristeza que no tenía nada que ver con el aniversario de la muerte de su padre. Los problemas matrimoniales de su hermana tampoco ayudaban a mejorar las cosas.

Habían estado recibiendo llamadas cada poco tiempo desde Australia. Angie se había preocupado, pensando en cómo iba a pagar su hermana las conferencias telefónicas, con todos los gastos del divorcio.

–Créeme, Angie –le había dicho su hermana, lloriqueando–. ¡Es mejor quedarse soltera!

Angie no veía las cosas del mismo modo. Ese día, se había sentido la persona más sola del planeta, una incómoda sensación que se veía empeorada por sus remordimientos por haberse ido a la cama con Ricardo.

Ricardo. Angie tragó el resto del bocado y se sintió mareada. No importaba lo que dijera o hiciera, ni lo mucho que intentara ocuparse con tareas mundanas, sus pensamientos no dejaban de llevarla al mismo punto. A su arrogante jefe italiano.

La alegría por el placer físico se había esfumado de inmediato, sobre todo, después de saber que él lamentaba haberse acostado con ella. Su rápida huida la había dejado con una sensación de abandono, sintiéndose como una tonta. Entonces, se había dado cuenta de que su sueño de acabar entre los brazos de su jefe no había resultado como ella había esperado.

Ricardo no la quería, se repitió Angie. Lo único que quería de ella era que se ocupara de sus llamadas y de mecanografiarle las cartas. Ni siquiera la deseaba lo bastante como para querer volver a tener sexo con ella.

Aunque Angie había estado albergando la secreta esperanza de que Ricardo hubiera cambiado de idea y la hubiera llamado para disculparse y para pedirle que volvieran a verse fuera del trabajo. Pero nada de eso había pasado. Solo un abrumador silencio por parte del señor Castellari.

Y, por supuesto, Angie tenía otra preocupación. ¿Qué diablos iba a hacer cuando tuviera que volver al trabajo después de las vacaciones? ¿Actuar como si no hubiera pasado nada? ¿Dejarle el café sobre la mesa, intentando no recordar cómo la había besado? ¿Sin recordar cómo la lengua de él había acariciado la parte más íntima de su anatomía? Sonrojándose, llena de remordimientos, se mordió el labio inferior. De ningún modo iba a seguir en ese empleo, eso estaba claro. Buscar otro trabajo se había convertido en una necesidad urgente.

En cuanto regresara a Londres, empezaría a presentarse a entrevistas de trabajo, se dijo.

—¿Estás bien, cariño?

La voz de su madre le sacó de sus pensamientos.

—Sí, mamá, estoy bien.

—Estás muy distraída. ¿Algo va mal, Angelina?

Angie se obligó a sonreír.

—No, claro que no. Nada va mal —respondió Angie. ¿Cómo iba a confesarle a su madre que había roto las reglas, acostándose con su jefe? Sabía que no se debía mezclar nunca el placer con los negocios. Ni enamorarse de un hombre que estaba fuera de su alcance. Ni acabar en la cama con él después de la fiesta de la oficina.

—¿Y qué tal ese guapo jefe tuyo?

¿Acaso las madres podían leer la mente?, pensó Angie.

–Oh… está… bien. Todo le va muy bien, como siempre.

–Eso he leído en los periódicos –murmuró su madre en tono de aprobación–. ¡Tuviste mucha suerte de que te eligiera a ti como secretaria!

Angie reparó en que ella había pensado lo mismo que su madre respecto a su ascenso, al principio. Como si Ricardo fuera una especie de príncipe azul, galopando en la oficina para rescatarla de la sala de mecanografía y convertirla en su secretaria personal. En el pasado, ella había creído que su jefe no podía equivocarse nunca, por muy irascible que fuera a veces. De alguna manera, había llegado a adorarlo.

Aunque, en ese momento, se dio cuenta de que Ricardo no le había hecho ningún favor. Él solo había encontrado a una mujer capaz de someterse por completo a él y de aguantarlo todo. Alguien a quien no importara dedicar largas horas extras a preparar algún informe urgente, con una de sus seductoras sonrisas como único agradecimiento.

Y, solo porque él había hecho algo impensable, todo había cambiado. Si no le hubiera comprado ese vestido, ella no se habría transformado en otra persona. Esa noche, había dejado de ser la secretaria de siempre y Ricardo la había tratado como a una mujer hermosa. La había llevado a la cama y le había hecho descubrir lo bien que un hombre podía hacer sentirse a una mujer.

A la mañana siguiente, Angie se había levantado

acariciando la posibilidad de tener algún futuro juntos. Pero Ricardo había pensado todo lo contrario. Lo único que él había querido había sido borrar el vestido rojo de su mente y regresar a la antigua versión de su secretaria, alguien en quien él nunca se fijaría.

Angie no sabía si eso era posible. Y, sobre todo, no estaba segura de si era lo que quería. ¿Era posible volver a la vida que tenía antes de una experiencia como la que había vivido?

–¿Y qué hace tu jefe estas Navidades? –preguntó su madre.

Angie se encogió de hombros.

–Lo de siempre. Las pasa con su familia, en Toscana.

–¿En el castillo?

–Sí, mamá, en el castillo. Se están preparando para una boda. Su hermana se casa con un duque en Año Nuevo.

–¿Un duque?

–Sí.

–Oh, Angelina –suspiró su madre–. Parece un cuento de hadas.

Así era, pensó Angie con amargura. Pero era tan irreal como cualquier cuento y había demasiadas cosas ocultas bajo la superficie aparentemente perfecta.

Angie se sentía inquieta. Ante el espejo, intentaba prepararse mentalmente para su regreso al trabajo. Qué aspecto tan distinto había tenido con el vestido rojo. Por primera vez en su vida, había comprobado cómo la ropa podía hacer florecer a una persona. Y podía hacer que un hombre, incluso el impresionante Ricardo, la mirara con ojos de deseo.

Había colgado el vestido rojo en el fondo del armario, prometiéndose no ponérselo nunca más. Sin embargo, se dio cuenta de que el resto de su vestuario le hacía parecer invisible. Le hacía fundirse con el entorno de modo que nadie reparara en ella. Pero, de pronto, la perspectiva de seguir haciéndolo le aterrorizó.

Temió volverse del todo invisible, por dentro y por fuera. Pensó que, si no tenía cuidado, la decepción que había sufrido iba a hundirla en un pozo del que quizá no podría salir. Y no quería que eso sucediera. Nunca más.

Angie usaba ropas caras y no podía permitirse comprar un guardarropa entero de la noche a la mañana. Aunque tal vez podría darle un toque de color con algunos accesorios bien elegidos en las rebajas de invierno.

Angie tocó el suave tejido de un chal dentro de unos grandes almacenes en Oxford Street. Se acercó uno rojo al rostro y decidió que ese color le daba un toque más vivo que los habituales tonos ocres.

Se compró un cinturón ancho de cuero marrón que realzaba su figura y hacía parecer la cintura increíblemente pequeña y un pañuelo color esmeralda que realzaba los destellos verdes de sus ojos. También eligió unas botas de cuero marrones y un par de zapatos de tacón negros. Los collares de abalorios brillantes costaban muy poco pero podían dar un aspecto del todo nuevo a un vestido, o eso le dijo la dependienta de la sección de joyería. Así, cuando regresara a su trabajo, sus compañeros ya no podrían etiquetarla como persona aburrida a la que nadie prestaba atención. La verían como una Angie con luz propia.

El cambio más atrevido lo dejó para el final. Caminó hasta la peluquería con gesto desafiante y se soltó el pelo delante de la peluquera.

–¿Me lo puedes cortar?

–¿Tienes algún corte concreto en mente?

–Algo realmente atrevido –respondió Angie, sonrojándose un poco–. Pero no demasiado alocado.

Angie se dijo que su corte de pelo, sus botas y cinturón nuevos le daban un aire más moderno, sin perder su personalidad esencial. Pero también eran como un escudo detrás del que protegerse.

Cuando se dirigía al trabajo en el primer día después de las vacaciones, el propietario de la cafetería que había junto a la oficina le levantó el ánimo, diciéndole que era la mujer más guapa que había visto en todo el año.

–¡Ah, pero eso es porque solo estamos a dos de enero! –replicó ella, sonriente, ajena a los ojos oscuros que la miraban al otro lado de la cristalera de la cafetería.

A pesar de su determinación de no enterrarse en el trabajo como si estuviera avergonzada de sí misma, Angie se sintió nerviosa al entrar en la oficina. En silencio, se dijo que lo más probable era que Ricardo no acudiera al despacho hasta después de comer.

Sin embargo, él ya había llegado.

Ricardo estaba sentado en su despacho, con la silla hacia atrás y las piernas estiradas, ojeando unos papeles. Levantó la vista cuando ella entró.

Y frunció el ceño.

Angie colgó el abrigo y lo miró, rezando por que su expresión mostrara la cantidad justa de amistoso interés que alguien dirigiría a su jefe días después de haber dormido con él. Al ver el pétreo rostro de él, sin embargo, le dio un vuelco el corazón.

–¡Feliz Año Nuevo! –le deseó ella con nerviosismo–. ¿Qué tal en Toscana? Supongo que muy ocupado. La boda se celebrará dentro de poco.

Ricardo ignoró su pregunta por completo y la miró de arriba abajo.

–Bueno, bueno, bueno. ¿Y esto qué es? –inquirió él, en tono suave.

Angie lo miró, forzándose a mostrarse calmada y a ocultar la excitación que le producía estar con él a solas. Lo único que quería era dar una imagen de neutralidad en los días que quedaban antes de dejarle su dimisión sobre la mesa e irse sin mirar atrás.

–¿Qué es qué? –preguntó ella a su vez.

Ricardo le lanzó otra fría mirada. Se había mentalizado para un tipo de encuentro muy diferente. Había estado esperando y temiendo que Angie entrara en el despacho con los ojos enrojecidos por el llanto y expresión de reproche. Había esperado que le tirara alguna taza de café encima. Y que los re-

cuerdos de aquella noche increíblemente erótica se
disiparan con solo mirar su anodina figura. Lo malo
era que Angie no parecía nada anodina, pensó, frunciendo el ceño de nuevo.

¿Qué diablos había cambiado?, se preguntó Ricardo. Estaba seguro de que el vestido liso de lana
que ella llevaba no era nuevo, aunque su indumenta-
ria parecía haber sufrido una radical transformación.
¿Sería el apretado cinturón, que resaltaba su cintura
y llamaba la atención sobre la tentadora curva de sus
pechos? ¿O sería solo el hecho de que él había conocido de primera mano los tesoros que el vestido es-
condía?

—Te... te has cortado el pelo, ¿verdad? —dijo él,
con un nudo en la garganta.

¡Se había dado cuenta! Angie sintió una oleada de
placer, pero se obligó a contenerse. No tenía nada
de especial que él se hubiera dado cuenta.

—Así es. ¿Te... gusta? —preguntó ella y, de inmediato, se arrepintió de sus palabras. No necesitaba
buscar su aprobación, se dijo.

Ricardo la miró despacio. Por desgracia, la pregunta requería que la siguiera mirando y eso era lo
último que él quería hacer. Porque, al hacerlo, recordaba la suavidad de su cuerpo rosado y el modo en
que ella había gemido al ser penetrada.

Haciendo un esfuerzo, Ricardo se obligó a apartar la vista de sus pechos turgentes y fijarla en el
nuevo corte de pelo. ¿Le gustaba? Era difícil de juzgar porque, en ese momento, tenía la cabeza llena de
imágenes en conflicto. Recordaba a Angie con el
pelo recogido hacia atrás, al estilo utilitario. Angie

con el pelo suelto sobre la almohada. Y, allí delante, Angie con el pelo corto por la barbilla, dejando al aire un cuello largo y esbelto.

—Está bien —contestó él al fin, encogiéndose de hombros.

Ignorando el forzado cumplido, Angie se dijo a sí misma que debía comportarse de forma normal, como siempre se había portado con él antes de que se acostaran. El problema era que no estaba segura de poder conseguirlo. Llevaba demasiado tiempo enamorada de él y se había acostumbrado a ocultar sus sentimientos detrás de su relación laboral. Pero las cosas habían cambiado y todo le parecía demasiado fuera de lugar.

Había descubierto cómo era Ricardo como amante y no podía dejar de pensar en ello. ¿Cómo iba a poder concentrarse en el último informe económico cuando le asaltaban continuos recuerdos del cuerpo desnudo de él, junto al suyo?

Angie se dijo que debía recordar lo frío que él había sido a la mañana siguiente y cómo le había roto el corazón con su arrogancia.

—Voy a hacer café —dijo ella.

—No quiero café.

—Pues yo sí.

Apartando la mirada, Angie se dirigió a la cafetera. Y, hasta que no dejó el café sobre la mesa, no se dio cuenta de que él seguía mirándola con gesto acusatorio.

—¿Pasa algo, Ricardo?

—Solo me pregunto por qué has venido a trabajar vestida como si fueras a ir a una fiesta.

Angie fingió sentirse ofendida ante el comentario, aunque en el fondo la complació. Así que él se había fijado en sus ropas. Bien. Y no las aprobaba. Todavía mejor.

–No creo que se pueda decir eso del mismo vestido sencillo de lana que tantas veces me has visto antes, ¿no crees? –replicó ella con frialdad.

Ricardo lanzó algo parecido a un gruñido. Incómodo, se dio cuenta de que se estaba sintiendo excitado. Apretó los labios, diciéndose que debía estarle agradecido a Angie porque no le hablara de lo que había pasado después de la fiesta de Navidad. Aunque estaba claro por qué ella había cambiado su vestuario. Las mujeres eran demasiado obvias, pensó. Ella contaba con seducirlo de nuevo, con que la tomara sobre su escritorio y…

–¿Pasa algo, Ricardo?

–¿Por qué? –dijo él, saliendo de sus ensoñaciones.

–Te has puesto de un color un poco raro, eso es todo.

–¡Hazme café! –ordenó él. ¿Cómo se atrevía ella a provocarlo?, pensó, enojado.

–Pero acabas de decir que…

–No importa lo que acabo de decir, Angie. Hazme un café ahora. ¡Es una de las cosas por las que te pago!

«No por mucho tiempo», pensó ella, furiosa, mientras se dirigía a la cafetera.

Angie notó cómo él le clavaba la mirada. Cuando le puso la taza encima de la mesa, Ricardo la agarró de la muñeca.

–¿Disfrutas coqueteando con ese hombre? –rugió él.

–¿Qué hombre? –preguntó ella, sin dar crédito a lo que oía, con el pulso latiéndole a toda velocidad.

–El de la cafetería de al lado.

Durante un instante, Angie estuvo a punto de echarse a reír, hasta que se dio cuenta de que él hablaba en serio.

–No seas absurdo, Ricardo.

Ricardo le apretó la muñeca.

–Te he visto cuando venía de camino a la oficina. He visto cómo lo mirabas y cómo meneabas las caderas delante de él.

A pesar de lo ridículo de su acusación, Angie solo pudo fijarse en que el corazón le latía cada vez más rápido. ¿Se daría él cuenta? ¿Estaría tan afectado por su proximidad como ella? De inmediato, apartó la mano, asustada por haber comprobado cómo incluso aquel breve y despreciable roce podía hacer que ella se derritiera.

–¡Estás diciendo tonterías!

–¿Eso crees? Sin embargo, me doy cuenta muy bien de cuándo un hombre desea a una mujer –señaló él con voz firme. Estaba muy enojado, sobre todo consigo mismo, porque ella estaba mostrando una increíble sangre fría que él no era capaz de sentir. Lo único que quería era tomarla entre sus brazos y besarla hasta que ella le suplicara que le hiciera el amor. Quería perderse en su cálido interior una vez más… En vez de eso, se la quedó mirando–. ¿Quién sabe? Tal vez, yo no sea el único en disfrutar de tus favores.

Angie lo miró con incredulidad. Aunque no podía culparlo por hacer una acusación semejante. ¿Acaso no se había acostado con él sin más, con toda la facilidad del mundo? Él no tenía por qué saber que solo había tenido un amante en toda su vida.

–Tú… ¿de veras crees eso, Ricardo?

Ricardo no sabía qué pensar. El manual de instrucciones parecía haber cambiado desde el momento en que había pasado aquella erótica noche con Angie. Además, él se estaba comportando de un modo completamente inusual. ¿Qué más le daba lo que ella hiciera?, se dijo.

–No es asunto mío lo que hagas ni con quién te juntes. Puedes tener todos los novios que quieras –afirmó él, encogiéndose de hombros–. Eres libre. Igual que yo.

Sus palabras hirieron a Angie más de lo que había esperado, al hacer claro y preciso que lo que habían compartido había sido solo una noche, nada más. Pero nunca le dejaría saber lo mucho que él le importaba. O, mejor dicho, lo mucho que le había importado.

–Lo sé, Ricardo. Y, si no te importa, preferiría no hablar de lo que pasó. Creí que ya lo habíamos acordado –señaló ella y esbozó una breve sonrisa–. Fue un error que nunca debemos repetir, así que cuanto antes lo olvidemos, mejor. ¿Estás de acuerdo?

Durante un momento, Ricardo se quedó anonadado. Se suponía que debía ser él quien dijera esas cosas, quien levantara barreras entre él mismo y los demás. ¿Y ella se atrevía a decir que había sido un error? ¿Pasar la noche en sus brazos había sido un error? Por un instante, tuvo la tentación de tomarla allí mismo y hacerle cambiar de idea. Pero no tenía por qué demostrar su poder sexual ante nadie, se dijo. ¿Acaso no era más conveniente que Angie opinara de ese modo?

–Olvidado, entonces –afirmó él y se encogió de hombros como si no le importara lo más mínimo–. Ahora tráeme los informes sobre Posara, por favor. Y, después, quiero que organices una conferencia con Zurich, sobre la fusión. Ah, ¿y puedes encontrarme una camisa para el traje que llevaré a la boda de mi hermana?

–Será un placer –respondió ella mientras caminaba hacia el archivador.

Durante el resto del día, apenas hablaron. Angie se concentró en su trabajo y se quedó hasta tarde en la oficina, después de que Ricardo se hubo ido para asistir a una cena en un restaurante de lujo en Somerset House.

¿Llevaría él a alguna mujer?, se preguntó Angie, celosa, mientras ojeaba la sección de ofertas de trabajo del periódico. ¡Claro que lo haría! Un hombre como Ricardo Castellari nunca iría a una cena así solo.

Angie pensó en el largo camino que le quedaba para llegar a su frío y pequeño apartamento. El día había sido interminable también, lleno de tensión entre Ricardo y ella, por mucho que ambos habían intentado mantener las distancias.

¿Cómo podría seguir trabajando en un ambiente así? La presencia de su jefe le recordaba a cada momento los placeres que él le había dado, y que nunca se repetirían.

Frente a la pantalla de su ordenador, Angie comenzó a escribir una solicitud de empleo, llena de determinación.

Capítulo 7

¿**T**E IMPORTARÍA venir a mi despacho un momento, Angie?

Angie levantó la vista y se encontró con su jefe parado en la puerta de la sala de empleados, un lugar que él nunca visitaba. Todas las mujeres que había allí se enderezaron en sus asientos al instante. Ella había estado hablando con Alicia porque llovía con demasiada fuerza como para salir a almorzar. Ricardo tenía el pelo empapado, al igual que el abrigo de cachemira. Y tenía una alarmante mirada de furia.

Angie esbozó una sonrisa, aunque incómoda, y señaló hacia su sándwich a medio comer.

–Claro. ¿Te importa que me lo termine?

–Tráetelo –le espetó él–. Quiero hablar contigo ahora.

Angie se sonrojó al levantarse, recogió el resto de su almuerzo y lo lanzó a la papelera, mientras las demás secretarias intercambiaban miradas. Era humillante que Ricardo le hablara así, sobre todo, delante de otras personas y después de que ella hubiera tenido que responder a tantas preguntas sobre qué había pasado la noche en que su jefe la había llevado a casa, después de la fiesta.

Desde comienzos de año, Angie se había hecho

una experta en evasivas. ¿Pero qué otra cosa podía hacer, aparte de ofrecer medias verdades como respuesta a una chica tan curiosa como Alicia? Confesar que había pasado una impresionante noche de pasión con el jefe no sería buen ejemplo para la joven secretaria.

Así que siguió por el pasillo a Ricardo, que caminaba a grandes zancadas delante de ella.

—¿Pasa algo? —preguntó ella, cuando al fin llegaron al despacho de Ricardo.

—Cierra la puerta.

—Ricardo…

—He dicho que cierres la puerta.

Con manos temblorosas, Angie obedeció y lo miró temerosa, mientras él se quitaba el abrigo empapado.

—¿Ha pasado algo? —insistió ella.

—Claro que ha pasado algo —respondió él, recorriéndola con la mirada y observando cómo el vestido le marcaba los pechos.

—Espero que no sea nada relacionado con la familia —dijo ella, con ansiedad.

Ricardo la miró. Era típico de Angie el preocuparse por los demás. Sin embargo, se preguntó si su dulzura sería solo fingida. Porque, si lo pensaba bien, no la conocía tan bien como él había creído.

Para empezar, Ricardo había creído que ella nunca se habría acostado con él pero, por el contrario, Angie le había dado la bienvenida con una pasión inesperada. Furioso porque su cuerpo comenzaba a excitarse con tales pensamientos, la miró con dureza.

—¡No intentes cambiar de tema!

–No era mi intención.

–Dime, Angie. ¿Pensabas decirme alguna vez que planeas irte?

Angie lo miró, presa del pánico. Era cierto que había enviado algunas solicitudes de trabajo, pero nadie la había respondido, por lo que no sospechaba que fueran a pedir referencias sobre ella en la oficina. ¡Ni siquiera la habían citado para ninguna entrevista!

–Bueno, no me voy todavía –contestó ella–. He pensado en irme y he echado algunas solicitudes, pero todavía no he tenido respuesta.

–¿No pensaste que sería apropiado avisarme de tus planes, sobre todo teniendo en cuenta que llevas tanto tiempo trabajando para mí? ¿No crees que me debes esa cortesía? –le espetó él, furioso y, al mismo tiempo, frustrado.

Por un instante, Angie se sintió tentada de lanzarle una acusación como respuesta. Él no había tenido ninguna cortesía con ella cuando había salido corriendo de su apartamento.

–¡Iba a decírtelo!

–¿Cuándo?

–Estaba esperando el momento adecuado –explicó Angie, que sabía que cuando Ricardo estaba furioso era mejor tener mano derecha–. ¿Cómo lo has sabido?

–¿Cómo? Uno de mis peores rivales se acercó a mí anoche en la cena y me dijo que planeaba ponerle las manos encima a la mejor secretaria de la ciudad.

Angie se sonrojó, complacida.

–Vaya, eso parece más bien un cumplido –dijo ella–. Tanto para mí como para ti.

–¿Qué te hace pensar eso? –quiso saber él, preguntándose por qué ella se habría sonrojado. ¿Le estaría ocultando ella algo más?, se dijo.

De pronto, Ricardo comenzó a elucubrar. Tal vez, Angie había aceptado la idea de que él nunca la tendría como amante. Pero, quizá, con su recién descubierta sensualidad, pretendiera cazar a otro rico hombre de negocios. ¿Explicaría eso el nuevo corte de pelo y el modo en que había actualizado su vestuario?, se preguntó, apretando los labios.

–¿No crees que es terrible que todos en el mundo de los negocios sepan que te vas, menos yo? ¡Tú sabes que las buenas secretarias valen su peso en oro!

–¡Exacto! –dijo Angie–. Es un doble cumplido por su parte. Él me valora y, por lo tanto, aplaude tu buen juicio al contratarme.

–No tengo la autoestima tan baja como para necesitar que mis empleados me valgan ningún cumplido.

–Supongo que no.

–Fue lo que dijo sobre ponerte las manos encima lo que me hizo preocuparme por tu bienestar y por algo más –señaló Ricardo y la miró en silencio un momento–. ¿Has ido contando por ahí la noche que pasamos juntos, Angie?

–¡Claro que no! –exclamó ella, poniéndose aún más roja.

–¿Seguro? –inquirió él en tono burlón–. ¿No has estado pavoneándote delante de las demás secretarias sobre lo apasionado que es tu jefe en la cama?

Los rumores vuelan, sobre todo cuando se trata de algo así.

Fue la gota que colmó el vaso. Angie estalló. A pesar de saber que no era la mejor reacción del mundo, se sintió tan indignada que no pudo evitarlo.

–¡Eres un bastardo! –gritó ella, levantando la mano para darle una bofetada–. Crees que eres el premio gordo, ¿no es así?

Pero Ricardo reaccionó con rapidez y le detuvo la mano, sujetándosela por la muñeca. Un movimiento peligroso, pensó Angie, sintiendo el cuerpo de él muy próximo y caliente.

–Lo que yo valgo nunca ha sido puesto en duda –repuso él con altanería–. ¿Pero no crees que me has hecho parecer un tonto?

–¿Solo te importa eso, cerdo arrogante? ¿Tu reputación?

Ricardo soltó una carcajada sarcástica. Con sus palabras insultantes, Angie acababa de sellar su destino. Su relación profesional había terminado y, por lo tanto, no tenía sentido seguir negándose a sí mismo lo que quería. Lo mismo que ella, pensó, a juzgar por cómo le temblaban los labios.

–No, *piccola*, ahí te equivocas –replicó él, burlón–. Ahora mismo tengo más cosas en la cabeza aparte de mi reputación profesional.

Dicho eso, Ricardo la besó con fuerza.

Angie intentó resistirse. Sin embargo, en cuestión de segundos supo que tenía la batalla perdida. Lo deseaba demasiado. Porque, a pesar de todo, Ricardo la hacía sentirse viva.

–Ricardo –jadeó ella, agarrándose a los hombros

de él–. Oh, Ricardo –repitió, como si tuviera que decir su nombre varias veces para asegurarse de que lo que estaba pasando era real.

El tono emocionado de ella le tocó a Ricardo una fibra sensible, haciéndole arder de pasión. Había pasado todas las Navidades calmando los nervios de su hermana por la boda y recordando la noche que había pasado con Angie. No había dejado de preguntarse cómo había podido permitir que algo así sucediera. Y, en ese momento, al tenerla de nuevo entre sus brazos, supo cómo.

El deseo bombeaba sus venas con tremenda potencia. Al tocar uno de los pechos de ella, sintió cómo su pequeño pezón rosado se endurecía.

–Oh –gimió ella al instante, derritiéndose, agarrándolo por el cuello.

Angie no protestó cuando él la tumbó en el suelo, ni cuando empezó a recorrerle el cuerpo con las manos.

–Me vuelves loco, ¿lo sabes? –dijo él, mientras la besaba en el cuello.

Entonces, Ricardo se preguntó si podría desnudarla allí, en el suelo de su despacho. Deseó tenerla allí sin ropa, para poder deleitarse observando su piel rosada mientras le hacía el amor una vez más.

No, se dijo él. Ya estaban haciendo algo demasiado atrevido. ¿Y si alguien entraba? Con urgencia, comenzó a levantarle el vestido. Nadie se atrevería a entrar sin llamar primero. Y él no podía esperar más.

Angie se estremeció mientras él la besaba, quitándole las medias al mismo tiempo.

–No… deberíamos estar haciendo esto –consiguió decir ella.

—Sí —rugió él, tirando las medias a un lado y deslizando un dedo dentro de las braguitas de ella.

—Oh.

—Bájame la cremallera —ordenó él.

Con cuidado infinito y mano temblorosa, Angie obedeció. Le desabrochó el cinturón y le bajó la cremallera, oyendo cómo él gemía de placer. Ella nunca había hecho el amor así, con una urgencia y desesperación tales que nada más importaba. Las ropas no eran más que una barrera que debía ser eliminada lo antes posible.

—Por favor, Ricardo —rogó ella, mientras él le bajaba las braguitas.

—¿Por favor qué? —replicó él, intentando ponerse el preservativo. Le estaba costando, pues estaba demasiado excitado.

—No voy a suplicarte.

—Entonces, pararé. ¿Quieres?

Angie abrió los ojos y se dio cuenta de que el tono burlón de las palabras de él contradecía el ardiente deseo de sus ojos.

—No, no pares —pidió ella, susurrante—. Hazme el amor.

Aunque Ricardo no estuvo de acuerdo con la elección de palabras que ella había hecho, pues el amor no tenía nada que ver en eso, no se encontró en situación de discutirlo. Lo único que pudo hacer fue penetrarla, dejándose guiar por un poder más fuerte que su propia voluntad.

Entonces, Ricardo sintió cómo ella se derretía a su alrededor. La besó para silenciar sus gemidos y su orgasmo. Hasta que él mismo llegó al clímax y sintió como si el mundo entero desapareciera.

Durante los minutos siguientes, Ricardo tardó en recuperar el pensamiento consciente, sumido en un mar de sensaciones. Sintió el aliento de ella en el cuello. Cómo lo abrazaba con fuerza, como si no quisiera separarse nunca de él. Y las oleadas de placer dentro de su cuerpo.

Haciendo un esfuerzo, se separó de ella.

—Es mejor que te arregles —dijo él de forma abrupta.

Sus duras palabras sacaron a Angie de sus ensoñaciones y abrió los ojos de golpe. Había sido una estúpida por imaginar que, tal vez, le importaba a Ricardo. ¿Cómo podía haberse equivocado tanto? Aquel hombre orgulloso y machista nunca se preocuparía por una mujer que se dejara poseer en el suelo del despacho con tanta facilidad. Despacio, ella se sentó, sintiéndose mareada. Agarró sus medias del suelo, sonrojándose de vergüenza.

—Necesito… refrescarme —dijo ella y, con los pies descalzos, caminó al baño que había al otro lado del despacho.

Una vez dentro del baño, Angie se concentró en recomponerse. Pero una oleada de inseguridad la envolvió mientras se lavaba en el bidé.

Oliendo a jabón de hombre, Angie se atrevió a mirarse al espejo. Se mojó la cara con agua fría e intentó atusarse el pelo. Sin embargo, no había manera de recomponer sus tumultuosos pensamientos.

Se dijo que, tal vez, Ricardo se habría ido del despacho, aprovechando que ella estaba en el baño. ¿Acaso no sería así más fácil para los dos? Él podía irse y, luego, regresar como si nada hubiera pasado. Podrían fingir que su acalorado encuentro nunca había tenido lugar.

Pero no. Ricardo seguía allí. Se había puesto en pie y se había colocado la ropa. Cuando Angie entró, esforzándose en mantener la cabeza bien alta, él estaba apoyado en su escritorio, como un rey pasando revista a sus súbditos.

Pero acababan de tener sexo. Y había sido impresionante. Así que no podía actuar como si no hubiera pasado nada, se dijo ella.

Angie tomó aliento.

–¿Ahora, qué, Ricardo?

Ricardo la observó un momento. O, mejor dicho, le observó el trasero mientras ella se ponía los zapatos. Era fabuloso, pensó, tragando saliva. Y, al recordar el entusiasmo con que se había entregado a él, comenzó a excitarse de nuevo. ¿Cómo era posible que aquella mujer insignificante le hiciera sentirse tan excitado?

–Estás buscando un nuevo empleo. No quieres seguir trabajando conmigo –dijo él con ojos brillantes.

Era una cuestión de necesidad, se dijo Angie, no de lo que ella quería. Porque Ricardo nunca le daría lo que ella quería. Nunca la amaría y el sexo era un pobre sustituto. Muy placentero, por cierto, pero ella no podía conformarse con eso. Aunque lo más probable era que se sintiera destrozada cuando dejaran de compartir aquellos apasionados encuentros.

–No –mintió ella–. No quiero.

Ricardo sonrió.

–Bueno, tengo una proposición que hacerte. Pienso que nos satisfará a ambos.

Angie conocía a Ricardo lo bastante bien como para sentir el peligro en sus palabras.

–¿Proposición?

–Sabes que voy a viajar a Toscana para ir a la boda de mi hermana.

–Claro.

–Bueno, quiero que me acompañes.

–¿Bromeas? –dijo ella, mirándolo confundida.

Ricardo sonrió de nuevo. Si Angie dejaba su empleo, sería un problema y un inconveniente y él no toleraba ningún impedimento en su camino. Pero sería capaz de soportarlo. Lo que no podía soportar era el hecho de que su secretaria le volviera loco de deseo y no ser capaz de sacársela de la cabeza. Como una picazón insistente e irresistible, ella se le había metido debajo de la piel. Más de una noche se había despertado, caliente y excitado, soñando con estar otra vez dentro del cuerpo de ella.

Era obvio que no podía permitir una situación así, se dijo Ricardo. Y, una vez que desapareciera su deseo por ella, la relación laboral sería insufrible. Y él sabía que solo había un modo seguro de perder su apetito por ella: ¡alimentarlo! Así que planeaba poseerla una y otra vez. Disfrutar de su hermoso cuerpo todas las veces que quisiera. Luego, la dejaría marchar y los dos podrían continuar con sus vidas.

–No –respondió él–. No bromeo. Quiero que vengas a Toscana conmigo.

Capítulo 8

ANGIE no dejaba de repetirse que no quería ir. Sin embargo, había sucumbido a la determinación y los deseos de Ricardo Castellari.

Enfadada, terminó de meter la última blusa en su maleta y la cerró de golpe. Miró el reloj y se dijo que Marco estaría a punto de llegar para recogerla y llevarla al aeropuerto. Le sudaban las manos y estaba un poco mareada.

Ricardo le había hecho chantaje.

¿Cómo se atrevía Ricardo a insistir en que lo acompañara para la boda de su hermana?, le había preguntado Angie, justo después de haber hecho el amor con él en el suelo de la oficina.

—Vendrás conmigo, como mi secretaria —había respondido él—. Pero los dos sabemos que estarás cumpliendo con otro papel a la perfección. El de amante.

—Pero... Ricardo...

—No, no digas nada más, pues no quiero oír tus objeciones. Es la solución perfecta. Mi madre no toleraría que yo llevara a una amante a su casa y, así, nadie sabrá que desempeñas un doble papel, *cara mia*. Podrás ofrecerme tus dulces encantos para dis-

traerme de las preocupaciones que rodean la boda
venidera.

–¿Pero... por qué, Ricardo? –había querido saber
ella–. ¿Por qué yo?

Ricardo la había mirado con expresión heladora.

–Tú has despertado cierto deseo inexplicable
dentro de mí y no veo por qué no querrías satisfacer
ese deseo hasta que ambos estemos saciados. Tú ya
has decidido dejar tu empleo, así que asegurémonos
de que, cuando lo hagas, no quede nada que lamen-
tar.

Ricardo lo hacía sonar tan impersonal..., había
pensado Angie. Como si simplemente estuviera en-
frentándose a un trato de negocios.

–¿Y si me niego?

Con arrogancia, Ricardo la había tomado entre
sus brazos y la había besado, haciendo que ella tem-
blara de excitación.

–No te negarás –se había pavoneado él–. Me de-
seas demasiado como para poner objeciones.

Angie lo había intentado. Había hecho un gran
esfuerzo para negarse, ignorando su deseo.

–No –había musitado ella.

Entonces, Ricardo había mostrado su carta gana-
dora. Si ella aceptaba hacer el viaje, él le permitiría
dejar su empleo en cuanto regresaran a Inglaterra.

–¡Pero no tengo otro trabajo todavía! –había dicho ella.

–¿Y si te doy seis meses de salario completo? Lo
consideraremos como una bonificación por tu trabajo.

Durante un momento, Angie había titubeado. El

trato le había hecho sentirse incómoda. Aunque, se dijo, sin duda merecía alguna clase de bonificación por todas las horas extras que había dedicado a su trabajo a lo largo de los años. Así que, al final, ella había aceptado. Él la había besado y le había dicho que no podía negar lo mucho que lo deseaba.

Recogiendo su maleta, Angie se miró al espejo. Era cierto que lo deseaba. Pero era un deseo entrelazado con sus sentimientos, intensos sentimientos hacia él que no conseguía ahogar. Y debía hacerlo, pues su amor no correspondido nunca podría tener un final feliz, se dijo.

En realidad, había sido esa idea la que la había empujado a aceptar el ultrajante plan de su jefe. Pensaba que, si pasaba con Ricardo una semana entera, descubriría quién era él en realidad. Un hombre arrogante lleno de defectos, no merecedor de su amor.

Angie rezó por que así fuera, porque la alternativa era demasiado terrible. Por nada del mundo soportaría convertirse en una de esas tristes mujeres que malgastaban su vida enamoradas de alguien que no las amaba.

Sonó el timbre de la puerta. Angie se arregló una vez más el pelo, nerviosa. Sería Marco. Ricardo había salido hacia Toscana el día anterior, así que, al menos, no tendrían que viajar juntos. Pero tenía que enfrentarse a Marco. No había vuelto a ver al chófer de Ricardo desde la noche de la fiesta de Navidad, en que lo habían dejado esperando en la puerta. Y a ella le caía bien Marco, no le gustaba que pensara que era una buscona ni una mujer fácil.

–¿Cuánto se tarda, Marco? –preguntó ella, una vez que salieron de camino al aeropuerto.

–Llegaremos en una hora, *signorina*. Las carreteras están despejadas –respondió el chófer de buen humor.

Angie nunca había volado en primera clase antes. De hecho, solo había viajado en avión un par de veces en su vida, con paquetes de vacaciones a España. Miró sin interés la bandeja de carne que la azafata le servía y ni siquiera se sintió tentada por el mousse de chocolate de postre. Tenía un nudo en el estómago. Eso sí, se bebió una copa de champán, lo que durante un rato la ayudó a armarse de valor para ver a Ricardo de nuevo.

Pero los nervios la traicionaron cuando salió y vio a Ricardo esperándola al otro lado de la puerta de llegadas. Él no llevaba traje, como era habitual, sino un atuendo más informal.

Al acercarse, Angie no pudo evitar admirar su atractivo, a pesar de que no dejaba de repetirse que ese hombre no la convenía.

Pero su impresionante aspecto eclipsó los pensamientos de Angie. Ricardo llevaba unos vaqueros negros que marcaban sus fuertes muslos. Un suéter oscuro y una chaqueta de cuero. Tenía el pelo revuelto y la tez morena, llena de vida. Aunque nada en su aspecto relajado podía ocultar la ansiedad y el deseo de sus ojos.

Ricardo la recorrió con la mirada sin ocultar sus intenciones y Angie disfrutó al pensar que él la deseaba mucho. Él, Ricardo Castellari, as de los negocios, la deseaba a ella, una secretaria sin importancia.

Era algo increíble, se dijo Angie. Allí estaba ella, la pequeña Angie Patterson, caminando a través de la sala de llegadas hacia el hombre que atraía la atención de todas las mujeres de alrededor. ¿Acaso no podía ella disfrutarlo sin más?

No tenía nada de lo que avergonzarse, se recordó Angie. Los dos estaban solteros y no estaban haciendo daño a nadie. Enderezó los hombros, levantó la barbilla y caminó hasta él con sus nuevas botas de tacón alto.

–Hola, Angie –murmuró él, sonriendo.

Angie se emocionó al notar que la mirada de él se suavizaba. Pero eso no significaba nada, se dijo. No tenía nada de especial que un hombre mostrara un instante fugaz de afecto por la mujer que había tenido entre sus brazos el día anterior. Y esa era la única razón por la que ella estaba allí. Para que los dos pudieran repetir sus encuentros eróticos tan a menudo como fuera posible, se recordó.

–Hola, Ricardo –saludó ella con aire formal.

–Ya veo que te has traído tus modales ingleses –observó él con aire burlón.

–¿Qué esperabas? ¿Que estuviera saltando de alegría por haber sido chantajeada?

–No seas melodramática, *piccola*. Podrías haberte quedado en tu casa si hubieras querido.

–¿Y perder la oportunidad de una excedencia y de salir de tu vida?

–Vaya, Angie. Y yo que pensaba que habías aceptado porque te mueres por mis huesos.

–¡Shh! ¡Alguien podría oírnos! –dijo ella, mirando a su alrededor.

Ricardo se encogió de hombros y tomó la maleta de ella.

–Estamos hablando en inglés –replicó él–. Y estamos en Italia. Aquí la gente no es tan rígida con ese tipo de cosas.

–¡Se te da muy bien entender las cosas según te conviene! –le espetó ella, enojada–. Primero alegas que hay unas reglas rígidas y dices que los hombres maduros deben casarse con jóvenes vírgenes y, al minuto siguiente, dices que los italianos son liberales con sus amantes.

–Ah, pero una cosa son las amantes y otra las futuras esposas –murmuró él con arrogancia.

Aquel comentario hirió a Angie, que metió el pasaporte en el bolso y decidió cambiar de tema.

–¿Qué dijo tu hermana cuando supo que yo venía?

–Está encantada, aunque un poco nerviosa. Supongo que es normal en alguien que se va a casar. ¿Nos vamos?

Angie había esperado encontrarse con otro chófer y que una tercera persona diluyera un poco la tensión entre ellos en el camino a casa de Ricardo. Pero Ricardo tenía un flamante deportivo que pensaba conducir él mismo. Ella tragó saliva.

A Angie se le aceleró el pulso cuando él arrancó el coche y salieron los dos solos, por una carretera que se dirigía a las montañas. Se forzó a mirar por la ventanilla, intentando ocultar sus sentimientos y el deseo que la corroía.

Sin embargo, pronto empezó a sentirse más relajada, acunada por la belleza del paisaje.

–Es fabuloso –dijo ella con suavidad.

–¿Te refieres a mi coche?

–No –repuso ella, riendo–. Al campo. Este país.

–Claro. Es el país más hermoso del mundo –afirmó él–. Tenemos preciosas ciudades y ruinas antiguas. Playas impresionantes y una rica campiña. Mira hacia allá, Angie, el mármol corona las montañas como si fuera pura nieve. Es el mismo mármol que utilizó Miguel Ángel para esculpir su David, la mejor escultura del mundo.

Angie se sintió seducida por el orgullo y el fervor que traslucía la voz de él. ¿Habría sido una tonta al pensar que pasar tiempo juntos ahogaría sus sentimientos hacia él? ¿Y si sucedía lo contrario, que se enamorara más de él y Ricardo se aburriera de ella?

Debía proteger su corazón a toda costa, se dijo Angie.

Ricardo se desvió por un camino y paró el coche.

–No vives aquí –dijo ella.

–No.

–¿Entonces qué hacemos en medio de…?

–Esto.

Ricardo la tomó entre sus brazos y la miró con fiereza.

–Lo que he querido hacer desde que te vi en el aeropuerto, caminando hacia mí. Besarte, Angie.

Angie pensó que podría haberla besado en el aeropuerto, pero aquello habría sido una demostración demasiado pública de afecto por su amante. Alguien podría conocerle. A los ojos de los demás, ella debía ser solo su secretaria. Y el sexo sería algo furtivo, como si él estuviera de algún modo avergonzado de lo que hacía.

–Yo…

–Shh.

Ricardo la silenció con sus labios, borrando todas las objeciones de su mente. Angie se dejó llevar por el placer de estar entre sus brazos de nuevo, de tocar su sedoso pelo negro. Se dejó invadir por su masculino aroma y el deseo la poseyó como un relámpago.

–Ricardo –jadeó ella.

–Angie –susurró él y la miró–. Me has vuelto loco de deseo. Es una locura, pero no he podido dejar de pensar en lo de ayer en el despacho –confesó y bajó la mano hasta deslizarla por debajo del abrigo de ella.

Angie contuvo el aliento mientras él le acariciaba los muslos. Cerró los ojos, sumergiéndose en un mar de sensaciones. La mano de él trazó eróticos círculos hacia su parte más íntima, haciéndole gemir de placer.

Angie sintió que el calor crecía entre ellos. Sus pezones se pusieron erectos. El deseo ardía como una llama dentro de ella, despertado y alimentado por Ricardo como ningún otro hombre había hecho.

–¡Ricardo! –exclamó ella, tomándole la cara entre las manos, mientras él la acariciaba.

¡Ricardo quería poseerla allí mismo, en su coche, en un camino perdido en medio del campo!

Angie se apartó de él, disgustada.

–Para. Para ahora mismo.

–Tú no quieres que pare.

Quizá, su cuerpo no quería, pero su dignidad así lo reclamaba, se dijo Angie.

—Claro que quiero —repuso ella, poniendo la mano en el pecho de él para apartarlo—. ¿De veras quieres que me presente en tu casa con las mejillas sonrojadas y toda despeinada? Sería muy obvio lo que habíamos estado haciendo.

—¡A ellos no les importa el aspecto que tengas! —exclamó él en tono insultante.

—Me resulta difícil de creer —afirmó ella, disfrutando del golpe que acababa de darle a Ricardo en su ego, al oponerse a sus deseos—. Y, aunque a ellos no les importe, a mí sí. Estoy aquí como tu secretaria, ¿recuerdas? Y quiero mantener algo de decoro. ¡No pienso perderlo por un rápido revolcón en tu coche!

—¿Un rápido revolcón? —repitió él, ultrajado.

—¿Cómo lo llamarías tú?

—¿No crees que sería una experiencia placentera?

—N–no —respondió ella, titubeando un poco—. No digo eso. Eres muy buen amante, seguro que ya lo sabes. Lo que no quiero es llegar a tu casa y darle razones a la gente para criticarme.

Esforzándose por refrenar su excitación, Ricardo la miró. Se dio cuenta de que no era un jueguecito. Ella lo decía en serio. ¿Acaso creía que él caería rendido a sus pies si ella se resistía?

Sin embargo, Ricardo no podía recordar la última vez que una mujer había frenado sus incursiones sexuales.

Durante un momento, un inesperado respeto por Angie dominó sus sentimientos de frustración. Se apartó de ella y arrancó el coche.

–Ricardo…

–¡No me hables cuando estoy conduciendo! –rugió él.

–Pero te has dejado puesto el freno de mano.

Maldiciendo, Ricardo quitó el freno. Luego, intentó concentrarse en la carretera. Se lo haría pagar a Angie en la cama esa noche, se dijo. Le haría pasar por una larga y dulce tortura para vengarse.

En la tensa atmósfera del coche, no intercambiaron más palabras hasta llegar a un pequeño pueblo. Angie miró por la ventanilla, cautivada por las vistas. Había muchas casitas y unas cuantas tiendas, además de una escuela y una hermosa iglesia de piedra. Un río atravesaba el lugar, claro y cristalino, hacia los verdes pastos.

Ricardo condujo por una pendiente, hasta llegar a lo alto de la colina, desde donde podía verse su casa, y detuvo el coche.

–La casa Castellari –indicó él con orgullo–. *La Rocca*.

Angie se quedó mirando la casa familiar, impresionada. ¡Era realmente un castillo!

El pálido y antiguo edificio de piedra se erigía en medio del hermoso paisaje, rodeado de jardines y filas de cipreses.

–Oh, es precioso –susurró ella, maravillada–. Es el sitio más bonito que he visto nunca.

Algo en la sincera y dulce apreciación de Angie suavizó los nervios de Ricardo, que asintió con la cabeza. Él nunca había llevado allí a una mujer antes. Llevar allí a una mujer implicaba dar a su familia la idea de que tenía una prometida.

Pero la situación que había surgido entre Angie y él era diferente, se dijo Ricardo. No debía preocuparse de que ella se hiciera una idea equivocada de su relación. Su vínculo con su secretaria estaba basado en la honestidad y en el deseo mutuo, no distorsionado por el falso romanticismo.

Ricardo llevó el coche a través de las puertas de hierro que daban paso a la finca y detuvo el motor frente a una enorme entrada de madera. Dentro, los recibió un fuego encendido en la chimenea de un enorme vestíbulo con suelo de madera. Un gato que se hallaba tumbado levantó ligeramente la cabeza, bostezó y siguió durmiendo.

–Ven a conocer a mi familia –invitó Ricardo. La ayudó a quitarse el abrigo y lo colgó en el perchero, junto a su chaqueta–. Es probable que estén terminando de almorzar.

Angie lo siguió a través de un laberinto de pasillos hacia donde se oía el sonido de voces en italiano. Una mujer parecía estar protestando y un hombre discutía con ella.

Ricardo la guio hasta un espléndido y lujoso comedor. Angie frunció el ceño al entrar. Había un hombre y una mujer sentados en los lados opuestos de una mesa, con rostros solemnes. Bien podrían haber estado leyendo un testamento, por la expresión que tenían, pensó ella.

Por sus rasgos sensuales y morenos, Angie supo que debían de ser el hermano y la hermana de Ricardo. Los dos se parecían a él. Pero lo que más le llamó la atención fue la mirada de tristeza que tenía la futura novia.

De forma instintiva, Angie se dijo que aquella no parecía una mujer a punto de vivir el día más feliz de su vida. Parecía más bien una mujer abocada a la desgracia.

Capítulo 9

RECUERDAS a mi hermana, ¿verdad, Angie? —preguntó Ricardo al entrar en la habitación. Angie asintió, intentando ocultar la conmoción que sentía al ver a la hermana menor de Ricardo de nuevo. Había adelgazado mucho. ¿Quizá debido a los nervios previos a la boda?

—Claro que sí. Hola, Floriana, me alegro de verte de nuevo. Y felicidades por tu próximo enlace.

La joven frunció el ceño un momento, antes de esbozar una sonrisa formal.

—Hola, Angie —dijo Floriana—. Yo también me alegro de verte. Estamos… estamos contentos de que estés aquí. Mi madre te envía sus disculpas por no poder recibirte en persona. En este momento, está ultimando los detalles del banquete. Dice que te verá en la cena. Lo mismo dice mi dama de honor, ella también es inglesa.

—¿No te olvidas de mencionar a alguien, Floriana? —intervino su hermano desde el otro lado de la mesa—. Estoy seguro de que la invitada de Ricardo tiene muchas ganas de conocer al duque.

Angie se giró hacia el hombre que estaba recostado en una de las sillas, aún vestido con su ropa de montar a caballo.

–Creo que no conoces a mi hermano, Romano –le presentó Ricardo.

Angie negó con la cabeza. Así que ese era Romano Castellari, otro asiduo de las revistas del corazón, como buen soltero italiano y millonario. En cierto sentido, ambos hermanos eran muy parecidos, aunque los rasgos de Romano eran más duros que los de Ricardo. Romano era el mayor de los tres hermanos y dirigía la mayoría de las propiedades de la familia en Toscana.

–No –contestó Angie, un poco nerviosa–. Pero he oído hablar mucho de ti.

Romano sonrió y se levantó para estrecharle la mano a Angie, mirándola con cínico interés.

–Cosas buenas, supongo.

–Oh, no podría decirlo. Todo lo que me cuenta Ricardo es estrictamente confidencial –respondió Angie en tono de broma, con la esperanza de aligerar la atmósfera sombría que se cernía sobre la habitación.

–Me parece muy bien que hayas traído a tu secretaria –comentó Romano, arqueando las cejas–. ¿Es que esperas trabajar todo el tiempo que estés aquí, Ricardo?

–Tengo un par de asuntos importantes de los que ocuparme –murmuró Ricardo–. Y pensé que Angie se merecía un pequeño premio, ya que amenaza con dejarme.

–¿De veras? Qué pena, debes intentar hacerle cambiar de opinión –replicó Romano–. Las buenas secretarias son difíciles de encontrar. Por cierto, la hemos colocado en el ala oeste. Espero que no sea un inconveniente para ti, pues tu habitación está en la otra punta de la casa, lo digo por si tenéis que… trabajar hasta tarde –añadió y miró a su hermano con expresión desafiante.

Angie se estremeció, al pensar que Romano sabía que eran amantes y lo desaprobaba.

–Conocerás a mi dama de honor luego –comentó Floriana–. Se queda con otras personas en el hotel del pueblo. Romano piensa que nos distraería mucho alojar a demasiada gente aquí, aunque tenemos sitio de sobra.

Angie sintió un poco de envidia. A ella le encantaría poder alojarse en el hotel del pueblo, lejos de esa fría y complicada atmósfera.

–¿Os parece bien que vaya a dejar mis cosas ahora?

–Claro –respondió Ricardo–. Te mostraré el camino.

–Diviértete –murmuró Romano–. Espero veros en la cena. No trabajéis mucho.

Angie no dijo palabra en el camino hacia su habitación. Allí estaba su maleta, seguramente la había llevado uno de los criados. Sin fijarse en la enorme cama ni en las hermosas vistas que había desde su ventana, se giró enojada para encarar a Ricardo.

–¡Tu hermano lo sabe! –acusó ella.

–¿Saber qué?

–Que… que somos amantes.

–¿Lo somos? –susurró él, acercándose–. Me has hecho esperar tanto que casi lo había olvidado.

Angie intentó apartarse, pero su cuerpo no tardó en rendirse a la tentación.

–Tu hermano lo sabe –repitió ella.

–No lo sabe. Lo adivina. ¿Y qué, Angie? –replicó Ricardo y le tomó la cara entre las manos, mirándola a los ojos–. ¿Te avergüenza?

Angie se dijo que estaba enfadada consigo misma por estar allí, por dejarse llevar tan fácilmente a la cama, como un cordero listo para el sacrificio. Y por aceptar tan poco de él, cuando deseaba tanto. Pero no estaba avergonzada. Negó con la cabeza, sosteniéndole la mirada, mientras se le aceleraba el corazón ante la urgencia de entregarse a él una vez más.

–No, no me avergüenza –musitó ella.

–Entonces, bésame.

–No.

–Bésame, Angie. Si, como tú dices, mi hermano lo ha adivinado, ¿por qué íbamos a pasar estos días sin disfrutar del placer que compartimos?

A Ricardo no le costó mucho vencer las objeciones de ella, mientras la besaba por el cuello, incendiándole la piel a su paso. Le bajó la cremallera del vestido con un rápido movimiento y la desnudó con la pericia de un hombre acostumbrado a hacerlo.

–*Piccola* –murmuró él, muy excitado al ver la sencilla ropa interior que ella llevaba. Cualquier otra mujer a la que hubiera pedido que lo acompañara hubiera movido cielo y tierra para conseguir la ropa interior más provocativa y delicada, como correspondería a la amante de un hombre rico, pensó. Pero ella, no. Había algo ridículamente inocente en su sujetador y sus braguitas blancos de algodón. La besó a lo largo de la clavícula–. Estás…

Angie, que no estaba acostumbrada a que la desnudaran de día, se quedó petrificada.

—¿Qué? —preguntó ella, a la defensiva.

—Hermosa —susurró él, dándose cuenta, sorprendido, de que lo decía en serio.

El tono de su voz le resultó a Angie tan excitante como la forma en que la acariciaba con los dedos, con deliciosa precisión. Sintió que la sangre se le calentaba. ¿Por qué no dejarse llevar?, se dijo ella. ¿Por qué no disfrutar del placer y dejar de desear lo imposible? Deslizando las manos por debajo del suéter de él, comenzó a recorrerle la espalda con los dedos, poseída por el deseo.

—Y tú —musitó ella.

Ricardo la soltó un momento para quitarse los pantalones y el suéter. Los lanzó a la cama, dedicando a Angie una provocadora sonrisa. Sus cuerpos se entrelazaron mientras sus bocas se besaban con ansiedad. Durante un instante, sus ojos se encontraron en silencio. Entonces, él la penetró con una rápida arremetida que hizo que ella gritara de placer.

Angie comenzó a estremecerse. Sintió como si hubiera entrado en otra dimensión. Como si hubiera sido creada para eso, para fundir su cuerpo con el de Ricardo. Incluso su orgasmo pareció tener lugar a cámara lenta, al mismo tiempo que el de él. Después, se quedó tumbada entre sus brazos, anonadada por lo que acababa de pasar.

—Oh —murmuró ella tras unos minutos.

—¿Te ha gustado? —preguntó él con aire ausente, mientras le acariciaba el pelo revuelto.

—Me ha encantado. Ya lo sabes.

—¿Y cómo quedo en la comparación con otros

amantes que hayas tenido? –quiso saber él. Una pregunta que nunca le había hecho a nadie.

Angie se sintió un poco intimidada por su curiosidad y, sin embargo, tuvo deseos de hacerle saber que ella no se había comportado así con ningún otro hombre.

–Creo que ya sabes que eres un amante excelente –respondió ella–. En cuanto a las comparaciones, creo que son odiosas pero, si te interesa, te diré que he tenido un amante antes que tú y que fue una experiencia bastante desastrosa.

Ricardo se quedó helado. ¿Por qué Angie siempre acababa diciéndole más de lo necesario? De pronto, la respuesta a una pregunta sencilla estaba cargada de significado. Hubiera preferido pensar que era una mujer que había salido con muchos hombres, en vez de saber que apenas había conocido varón.

–Qué pena –murmuró él.

Angie se apoyó en un brazo y lo miró, observando su frío y perfecto perfil.

–Había mucha… tensión allí abajo –comentó ella, refiriéndose a la escena que se había desarrollado en el comedor del castillo.

–Mi hermana se casa pasado mañana. ¿Qué esperabas? –contestó él.

–Hay diferencia entre estar nerviosa y estar tensa, Ricardo. Parecía que Floriana había estado discutiendo con tu hermano –señaló Angie tras un momento.

–Porque ella ha insistido en que su dama de honor sea una mujer que Romano considera inapropiada para el papel.

—Pero es ella quien debe decidirlo, ¿no? No tiene nada que ver con él.

—Con quien no tiene nada que ver es contigo —replicó él y bostezó—. Tengo que irme.

Angie se percató de lo exhausto que parecía Ricardo, con la cara marcada por unas oscuras ojeras. Le resultó imposible no preocuparse por él. Con suavidad, empezó a acariciarle el pelo hasta que él se relajó y pareció a punto de cerrar los ojos. Le sentaría bien algo de sueño, pensó ella.

—Cierra los ojos —susurró Angie—. Solo un momento.

Cubriendo a los dos con la sábana, Angie se acurrucó junto a su cuerpo. Ricardo suspiró y se durmió.

Mucho más tarde, Angie se despertó, sintiéndose hambrienta. No habían comido nada. Entonces, justo cuando pensó en despertar a Ricardo, él se empezó a desperezar a su lado.

Ricardo sintió como si estuviera en el lugar más cómodo del planeta. Tenía la rodilla entre dos suaves muslos y oía la cálida respiración de una mujer contra sus hombros. Durante un momento, se dejó acunar por la agradable sensación, hasta que se dio cuenta de dónde estaba y lanzó una maldición en italiano.

—*Che ora e*? —dijo él, mirándose el reloj de pulsera. Se sentó en la cama, con expresión de enfado—. ¿Por qué diablos me has dejado dormir?

—Porque tenías aspecto de necesitarlo —respondió ella, sintiéndose como una tonta.

Ricardo salió de la cama y empezó a ponerse los pantalones.

–*Madre di Dio*! –exclamó furioso–. ¡Has cambiado mucho de idea! ¡Primero te preocupa lo que pueda pensar mi hermano y luego me engatusas para que me quede!

–¡No te he engatusado!

–Me cubriste con la sábana –acusó él.

–¿Es eso un crimen?

Ricardo se sintió en una trampa. Una trampa tan seductora como los grandes ojos de ella y su suave cuerpo. Negó con la cabeza.

–¡No quiero pasar toda la tarde en tu cuarto!

–¡Pues no lo hagas! Nadie te retiene. ¡Vete!

–Ahora mismo –replicó él y se puso el suéter, dándole la espalda para no dejarse seducir por la visión de los pechos desnudos de ella. Durante unos segundos, respiró hondo para recuperar su habitual sangre fría–. Bien, es mejor que sepas lo que va a pasar. Esta noche habrá una cena formal en el castillo, necesito que te pongas algo elegante. ¿Y te has traído el portátil?

–Esto… no. No pensé que fuera a necesitarlo.

–¿De verdad? Bueno, en ese caso, haré que te envíen uno. Quiero que te ocupes de la cuenta de Devonshire. Hay muchas salas donde puedes trabajar aquí –señaló Ricardo y caminó hacia la puerta. Al ver la expresión de enfado de ella, se paró–. ¿Qué pasa, Angie? Supongo que esperabas trabajar. Esa, después de todo, es la razón por la que estás aquí. El sexo es solo un añadido.

Era la cosa más horrible que él podía decirle, pensó Angie. Sin embargo, ella no reaccionó. No quería darle la satisfacción de saber que sus palabras la afectaban.

–Por supuesto. Y también voy a encargarme de preparar el informe de Posara, ya que estoy –repuso ella, como si no hubiera nada en el mundo que le apeteciera más.

–Como quieras.

Angie disfrutó de la expresión de incertidumbre que vio dibujada en su arrogante rostro. Aunque solo fuera por eso, merecía la pena fingir que sus palabras no le hacían daño, pensó ella.

–Cierra la puerta cuando te vayas –pidió ella–. Quiero darme una ducha.

Sin embargo, después de que él se hubo ido, Angie no se dirigió al baño. Se quedó sentada en la cama, preguntándose qué hacía allí.

De algún modo, había pensado que iba a resultarle más fácil. Pero se había equivocado. Se había creído capaz de controlar mejor sus emociones.

Cuando hacía el amor con Ricardo, sentía como si realmente hubiera algo entre ellos. Pero su relación no era real. Solo se basaba en el sexo, algo que a él se le daba muy bien. Y, si era honesta consigo misma, tenía que reconocer que todas las mujeres con las que él se había acostado pensarían lo mismo.

Pero Ricardo no iba a tomarla entre sus brazos y confesarle amor eterno. Eso no iba a pasar nunca. Entonces, ¿cuándo iba a dejar ella de soñar despierta? Lo que tenía que hacer era protegerse mejor a sí misma, se dijo, ser un poco más dura.

Por primera vez desde que había llegado, se fijó en la habitación que le habían asignado. Era muy hermosa. Preciosas cortinas de brocado colgaban de las ventanas y ricas telas adornaban los cojines y el sofá. También había un escritorio, muy bonito y antiguo.

Angie sacó sus ropas de la maleta y se dirigió al baño. Se dio una buena ducha, borrando cualquier huella de haber hecho el amor con Ricardo. Se envolvió en una toalla gigante y, al salir del baño, vio que alguien había dejado un ordenador portátil sobre el escritorio en su ausencia. Se quedó petrificada.

¡Ricardo no había perdido un minuto en recordarle cuál era su lugar! Nada más llegar, ya le había encargado una buena cantidad de trabajo. Angie comenzó a cepillarse el pelo mojado. Bueno, el trabajo podía esperar, pensó. Estaba harta de ser eficiente. Estaba cansada de ocuparse de todo lo que él le pedía. ¡Y estaba comenzando a darse cuenta de que Ricardo la trataba así porque ella se lo permitía!

Y no iba a seguir permitiéndoselo. Nunca más.

Aquel pensamiento hizo que Angie se sintiera más fuerte. Tras comprobar que faltaban dos horas para la cena, dedicó una eternidad a secarse el pelo. Luego, se sentó a leer un libro y se alegró de poder sacarse a Ricardo de la cabeza mientras se concentraba en la historia.

De hecho, llevaba dos tercios de la novela cuando se dio cuenta de que faltaba solo media hora para la cena. Con pereza, se puso algo de maquillaje y abrió el armario. Se preguntó si tendría el coraje necesario para ponerse el único vestido que tenía adecuado para una ocasión así.

Era el vestido rojo, que no había podido evitar meter en la maleta. Aunque se había jurado no lucirlo de nuevo, le resultaba imposible no sentirse seducida por él. Además, ella no era una estúpida, sabía que era un vestido imbuido de poder. Por otra parte, su ropa habitual parecía demasiado aburrida. ¿Por qué no lucirlo?

A Angie le temblaron las manos. Era un vestido lleno de significado. Ricardo se lo había regalado. Era lo que había llevado puesto la primera noche que se había acostado con él y lo que había hecho que Ricardo no le quitara los ojos de encima.

¿Sería un atuendo demasiado provocativo para una cena familiar?, se preguntó. No. El diseñador tenía fama internacional y las mujeres italianas eran conocidas por su elegancia. Y a la madre de Ricardo le daría igual lo que ella llevara puesto, se dijo, pues no era más que la secretaria de su hijo. «Apenas se fijará en mí», pensó.

Alguien llamó a la puerta y a Angie se le aceleró el corazón. ¿Qué pensaría Ricardo? ¿Intentaría besarla a pesar de lo enojado que se había mostrado antes? De todos modos, ella no se lo permitiría.

Pero no era Ricardo quien estaba parado ante la puerta. Era una joven con uniforme de doncella.

–*Buona sera* –saludó Angie–. *Como si nama*?

La joven hablaba tan mal inglés como Angie italiano, pero le dedicó una amplia sonrisa.

–Mi nombre es Marieta. ¿Quiere… seguirme?

–Por supuesto, gracias.

A pesar de que había temido encontrarse a Ricardo al otro lado de la puerta, Angie deseó que hubiera ido él a buscarla en vez de la doncella. De pronto, sintió miedo al tener que entrar sola en una habitación llena de gente importante, incluso con algunos miembros de la aristocracia. ¿La mirarían con gesto despectivo?

Angie oyó el murmullo de voces mientras bajaba la escalera. Respiró hondo, se dijo que no tenía de qué preocuparse pero, por dentro, temblaba como una hoja. Forzándose a sonreír, entró en la sala llena de invitados.

Sin embargo, ella solo se dio cuenta de la oscura y brillante mirada que Ricardo tenía clavada en ella.

Capítulo 10

BUENO, bueno, bueno. Veo que has decidido
ponerte el vestido de sirena para la fiesta de
esta noche, *piccola*.

Ricardo habló con voz suave, pero su mirada estaba teñida de provocación. Ella no pudo evitar recordar los placeres que habían compartido hacía solo unas horas.

Angie negó con la cabeza, intentando pensar en otra cosa.

–Tú me compraste este vestido, Ricardo –protestó ella, tomando una copa de vino de la bandeja de un camarero–. Supongo que fue para que me lo pusiera –indicó y miró a su alrededor, para comprobar que no desentonaba con las demás mujeres–. A menos que creas que no es adecuado para la ocasión.

Hubo una pausa. Lo único no adecuado era que el vestido le recordaba lo que había debajo, pensó Ricardo.

–Sabes muy bien que es apropiado. De hecho, estás más hermosa que cualquier otra mujer de la fiesta –señaló él.

–No lo dices en serio.

–Sí, *cara* –afirmó él–. Lo digo en serio. Ahora, ven, te voy a presentar a mi madre.

–Me encantaría –contestó ella, sonrojándose por el inesperado cumplido–. ¿Dónde está la futura novia?

Ricardo recorrió la sala con la mirada, con gesto de desaprobación.

–Aún no ha venido.

–Bueno, la novia tiene derecho a llegar tarde.

–Se supone que solo el día de su boda –replicó él–. Aún faltan dos días.

–¿Y qué pasa con el novio?

–El duque está parado junto a la mujer que lleva los diamantes.

–Todas las mujeres llevan diamantes.

Ricardo se rio.

–Está junto a la chimenea. Pero no te quedes mirándolo, Angie. No es educado.

Angie no necesitó más que un rápido vistazo para sorprenderse. ¿Cómo iba Floriana a casarse con alguien así?, se preguntó, nerviosa y dio un trago a su bebida espumosa. El duque era elegante, sí, pero debía de tener casi cincuenta años, a juzgar por las arrugas de su rostro. ¿Y no era calvicie lo que brillaba en su cabeza? Tenía aspecto de ser viejísimo, comparado con la joven y bella italiana.

Cuando levantó la vista, Angie vio que Ricardo la miraba con gesto frío y desafiante, como retándola a que se atreviera a decir algo. Pero, como él le había recordado antes, no era asunto suyo.

–Floriana es una chica con suerte –dijo ella, por compromiso.

–Sí, lo es –afirmó Ricardo–. Ven para que te presente a mi madre.

Angie se dio cuenta de que varios pares de ojos los seguían mientras atravesaban la sala para pararse delante de la matriarca de la familia.

–*Mamma*, ¿te dije que iba a traer a Angie? Creo que habéis hablado por teléfono muchas veces.

A pesar de sus elegantes zapatos de tacón, la madre de Ricardo era de baja estatura. También era muy hermosa. Y vestía un elegante vestido largo de seda color burdeos, adornado con un collar de perlas. Las dos mujeres se estrecharon la mano y la mujer mayor posó la mirada en Angie con interés.

–Al fin nos conocemos –dijo la madre de Ricardo en perfecto inglés–. Eres la mujer que consigue que la vida de mi hijo esté ordenada, o eso es lo que él me ha dicho.

Angie parpadeó, sorprendida de recibir otro cumplido. Se alegró de que Ricardo se alejara para hablar con su hermano.

–No es fácil –bromeó Angie.

–No, seguro que no –señaló la señora Castellari mientras miraba a Angie de arriba abajo–. Estás preciosa. No tenía ni idea de que tuvieras un gusto tan exquisito, querida.

Angie se quedó callada. ¿Qué podía decir? ¿Que el vestido era un regalo de Navidad de su hijo? ¿Acaso no era un regalo demasiado íntimo para una secretaria?

–Gracias –dijo Angie.

–Al menos, parece que Ricardo te compensa de forma adecuada por tu trabajo, si puedes permitirte un vestido así.

Angie asintió y se llevó la copa a los labios, mientras la señora Castellari se alejaba para saludar a otro invitado. Esperó que su rostro no delatara sus sentimientos y rezó por que la madre de Ricardo no sospechara nada. Para la elegante señora, ella no era más que la secretaria de su hijo, se dijo, para tranquilizarse.

En ese momento, todos los invitados miraron hacia las escaleras. Floriana estaba bajando despacio, acompañada de una joven pelirroja de tez blanca, de ascendencia claramente no mediterránea. Debía de ser su dama de honor, pensó Angie.

Floriana llevaba un vestido negro y el pelo recogido en un moño con un pequeño adorno de diamantes. Llevaba también un collar de diamantes. Parecía un maniquí, pensó Angie. Como si estuviera hecha de cera y no de carne y hueso.

Al mismo tiempo, se anunció la cena y Angie se sintió aliviada cuando Ricardo se acercó para acompañarla a la mesa.

–¿Todas estas personas van a caber en la misma mesa?

–Espera y verás.

El comedor era muy hermoso, iluminado por cientos de velas y aromatizado con lirios. Había una sola mesa larga, con un mantel del lino inmaculado, adornado con toques dorados.

Angie se encontró sentada junto a un hombre mayor muy agradable que había pasado en una ocasión unas vacaciones en Brighton y estaba deseando practicar su inglés. A su otro lado se hallaba un primo adolescente del novio que parecía desear estar en cualquier otro lugar.

Al extremo opuesto de la mesa y junto a la madre de Ricardo, estaba el duque, con Floriana a su lado.

Uno frente al otro, estaban Romano, con gesto enojado, y la dama de honor pelirroja. Los dos parecían
no dejar de mirarse. ¿Qué les pasaría?, se preguntó
Angie. Todo estaba impregnado de tensión.

Aunque estaba deliciosa, la cena fue interminab-
ble. Angie se dijo que había tenido suerte de que Ricardo se sentara al otro lado de la mesa. Aunque sus
sentimientos eran muy diferentes. Se moría por sentir su contacto, por mucho que se dijera que era una
tonta por desearlo.

¿Serían sus sentimientos obvios desde el exte-
rior?, se preguntó Angie y, cuando levantó la mirada
de su sorbete, se encontró con que Ricardo la miraba
con gesto burlón y provocativo al mismo tiempo.
Ella tragó saliva. Ricardo estaba tan… seguro de sí
mismo. Y tan seguro de que ella siempre sucumbiría
a sus encantos, cada vez que él lo quisiera.

Y así sería, se dijo Angie porque, a pesar de lo
que le dictaba el sentido común, lo cierto era que estaba deseando estar entre sus brazos de nuevo.

Después de la cena, se celebró un baile en el salón, adornado con flores y globos en tonos dorados
y plateados. Todos los invitados parecían ser prime-
ras figuras del país, por lo que Angie se dijo que Ricardo no la sacaría a bailar, a ella, una simple secretaria. Incluso, si se lo pedía, ella se negaría. Le diría
que fuera a entretener a sus invitados y que no se
ocupara de su empleada.

Pero no fue así. Ricardo le pidió bailar y ella no
se negó porque, a la hora de la verdad, ¿cómo podría? El corazón se le aceleró de excitación al sentir
la mano de él sobre su brazo desnudo.

–¿Te estás divirtiendo? –murmuró él, acercándola a él.

Ella no era quién para decirle lo que pensaba de aquella extraña atmósfera prenupcial. Además, aquellos pensamientos comenzaban a desvanecerse, ante el placer de estar entre sus brazos.

Mientras bailaban, Angie se sintió mecida por un mar de sensaciones, envuelta por el aroma especiado de él y el calor de su cuerpo. Ella no era buena bailarina, pero no era necesario porque Ricardo la guiaba por la pista de baile con gran seguridad.

–¿Mmm? –le susurró él al oído.

–Lo estoy pasando muy… bien –respondió ella con sinceridad porque, en ese momento, no había un lugar en el mundo donde más le gustaría estar.

–Yo también –afirmó él y la miró a los ojos. Observó que Angie estaba sonrojada y que le latía el pulso a toda velocidad en la base del cuello. Decidiendo que le daba igual lo que pensaran los invitados, tragó saliva y la apretó aún más contra su cuerpo para hacerla partícipe de su erección–. Si tienes suerte, puede que te lleve a pasar el día fuera mañana.

Angie se quedó helada. «Si tienes suerte», había dicho él, al mismo tiempo que la había rozado con su pelvis. Su gesto arrogante y sexual le resultó como una burla y se sintió como una estúpida por haber interpretado el baile como algo tan romántico.

–Lo siento, pero me temo que mañana tengo que trabajar –le espetó ella, apartándose un poco.

–¿Trabajar?

–Para eso me hiciste llegar el portátil, ¿te acuerdas?

Ricardo no pudo dar crédito a lo que oía.

–Pero ya has trabajado esta tarde –se apresuró a decir él.

–No.

–¿No?

Angie esbozó una sonrisa serena.

–No. Me di un baño y leí un libro.

Ricardo empezó a ponerse nervioso. ¿Acaso Angie se atrevía a rebelarse o a abusar de su posición porque eran amantes? En todos los años que habían estado trabajando juntos, ella nunca se había negado a obedecer sus órdenes.

–Eso no es lo que yo quería.

–Bueno, es lo que yo quería.

–Pero te pago para que hagas lo que yo quiero –le recordó él con crueldad.

–No, me pagas para hacer mi papel de secretaria –replicó Angie llena de furia. De pronto, no le importó que estuvieran en medio de una sala llena de gente–. ¿No crees que ya he hecho suficientes horas extra para ti? ¿No te das cuenta de que merezco algo de tiempo libre, Ricardo? ¡Si confías en mí lo suficiente como para ocuparme de tus negocios confidenciales, entonces podrías dejarme decidir cuándo necesito parar un poco!

Hubo un silencio momentáneo. Entonces, Ricardo sonrió.

–Oh, *cara* –murmuró él–. Tu insubordinación me excita tanto que apenas puedo esperar para llevarte a la cama. Tantos años juntos y yo sin darme cuenta de que eras un gatito salvaje.

–Bueno, eres tú quien me ha convertido en un gato salvaje –replicó ella, sin pensarlo.

–¿De verdad? Entonces, al menos, tengo algo de lo que enorgullecerme –afirmó él e inclinó la cabeza para hablarle al oído–. Ahora discúlpame, tengo que dejarte. Si seguimos juntos en la pista, tendré que arrastrarte a la alcoba más cercana y arrancarte las medias. Y eso no estaría bien, ¿no crees?

Sin decir más, Ricardo se giró y se fue. Angie se quedó mirándolo con las mejillas incendiadas y el corazón latiéndole a toda velocidad. ¿Había querido él decir que lo único que sentía por ella era físico? Se sintió mareada y deseó salir de allí cuanto antes, lejos de los ojos curiosos que la rodeaban.

Con aire distraído, salió de la pista de baile, pensando en cómo podría escapar cuanto antes. Alguien la tocó en el hombro. Era Floriana.

De cerca, la joven parecía aún más un maniquí. Tenía los labios pálidos. Angie se forzó a sonreír, intentando apartar a Ricardo de su mente.

–Una fiesta preciosa –dijo Angie.

–Gracias –repuso Floriana, sin mirarla a los ojos–. Angie, ¿te gustaría venir a ver mi vestido de boda?

–¿A mí?

–Por favor. Te gustaría, ¿verdad? Creí que a todas las mujeres les gustaban los vestidos de novia.

–Claro que sí –asintió Angie.

–Entonces, ven conmigo, rápido –la urgió la joven italiana–. Antes de que Romano me acuse de desatender a los invitados.

Agarrándose al brazo de Angie como si fueran amigas de toda la vida, Floriana la guio hacia otra escalera. Arriba estaba su dormitorio. Allí tenía el vestido, de satén y encaje de Chantilly.

–Oh, es precioso –exclamó Angie, maravillada ante la hermosa tela y pensando que era un sueño de vestido–. Absolutamente precioso.

–¿Verdad? –dijo Floriana, sin ninguna emoción, y cerró la puerta.

Angie se giró hacia ella, mirándola con preocupación.

–Floriana… ¿algo va mal?

Hubo una pausa y la joven italiana se recorrió el pelo con los dedos, haciendo que cayera el prendido de diamantes al suelo.

–No puedo casarme con Aldo –dijo Floriana al fin, con el gesto de alguien que acababa de tirar la toalla–. ¡No puedo!

Al darse cuenta de que la chica estaba temblando, Angie se acercó y la rodeó con un brazo.

–Escucha… es normal estar nerviosa –señaló Angie, sabiendo que estaba repitiendo las palabras de Ricardo, aunque ella misma no se las creía–. Es natural.

–¡No! –gritó Floriana y se apartó–. No es eso, créeme. La gente no deja de decirme que son los nervios, pero no es eso. He dejado que esto ocurra y no debería haberlo permitido. Es una pesadilla, Angie. ¡No puedo seguir adelante!

–¿Por qué me cuentas esto? –preguntó Angie, sin entender.

–Porque no perteneces a la familia.

Angie se encogió.

–Y debes de ser una mujer sensible, si has estado trabajando para Ricardo durante tantos años. No me dirás lo que crees que debo oír. Dime qué debo hacer.

–Es una responsabilidad demasiado grande –protestó Angie.

–Por favor.

–¿Y tus hermanos? ¿No puedes confiarles tus miedos?

–¿A ellos? ¿Bromeas? ¡Están tan interesados en esta boda que me obligarían a ir al altar! –dijo Floriana con amargura–. ¡Son unos tiranos!

Angie se quedó en silencio, pensando qué decir. Sabía que no podía mirar a Floriana a los ojos y mentirle, diciéndole que todo iba a salir bien.

–¿Y sabe Aldo cómo te sientes?

–He intentado hablar con él, pero no quiere escucharme –susurró Floriana–. Está decidido a casarse. No me permitiría nunca cancelarlo. Cada vez que le digo algo, hace como si no hubiera hablado en absoluto. Soy como un trofeo para él, una virgen inocente, o eso piensa él.

Angie la miró con curiosidad, dándose cuenta de las implicaciones que podía tener lo que Floriana acababa de confesarle. ¿Era la virginidad un factor clave para ese matrimonio? Recordando lo que Ricardo le había dicho sobre casarse con una virgen, supuso que sí.

–¿Temes seguir adelante con la boda porque crees que tu experiencia sexual puede decepcionar a tu esposo? Porque estoy segura de que, si se lo explicas…

–No –dijo Floriana, tajante–. Esa no es la razón. La razón es mucho más sencilla, Angie. Lo que pasa es que no lo amo, no como una mujer debería amar al hombre con quien se va a casar.

Durante un momento, Angie no dijo nada. ¿Qué podía decir? Hacía falta estar ciego para no darse cuenta de la ausencia de química entre la pareja. Con suavidad, posó la mano en el brazo de la italiana.

—Debes tener coraje para decírselo —murmuró Angie—. Debes hacerlo.

Angie dejó a Floriana sentada en la cama y se dirigió a su propio dormitorio. Se quitó el vestido rojo y se desmaquilló antes de meterse en la cama, agotada.

Se quedó pensando en lo que Floriana le había revelado. ¿Debería contárselo a Ricardo? Entonces, recordó las palabras de Floriana: «Están tan interesados en esta boda que me obligarían a ir al altar».

Angie dudó que Ricardo fuera tan lejos. Pero ¿y Romano?

Sin embargo, estaba demasiado cansada como para seguir dándole vueltas y el sueño la venció. La despertó el contacto de un cuerpo desnudo de hombre, metiéndose en la cama a su lado.

—¿Ricardo? —murmuró ella, somnolienta.

—¿Es que esperabas a alguien más?

—Yo…

—¿Qué, *piccola*?

—Debo… —comenzó a decir ella, intentando resistirse al placer de sus besos—. Ricardo, tengo que hablar contigo.

—Ahora no.

—Pero…

—He dicho que ahora no —rugió él—. Llevo toda la noche esperando para esto.

Angie se dijo que no tenía sentido sacar el tema. Era más de medianoche. Se lo contaría por la mañana, a la luz del día. Además, Ricardo la estaba besando y ella apenas podía pensar en otra cosa que no fuera él.

Angie lo besó mientras él le hacía el amor. Después, sus labios siguieron tocándose. Con un sobresalto, Ricardo recordó lo que había pasado antes, en la pista de baile, cómo había deseado besarla. ¿Besarla? Aquello empezaba a ser peligroso. Debía de estar volviéndose loco, se dijo.

A su lado, Angie comenzaba a quedarse dormida, pero Ricardo seguía despierto. Sabía que debía irse de allí antes de sentirse tentado a quedarse toda la noche. Se destapó y se vistió.

En su dormitorio, se quedó dormido enseguida, soñando con Angie. Le despertó por la mañana alguien que llamaba a su puerta.

—¿Qué diablos pasa? —gritó Ricardo.

Romano entró, con el rostro enrojecido por la ira, y le dijo algo a su hermano en italiano. Ricardo se vistió y se dirigió al cuarto de Angie hecho una furia.

Ella acababa de ducharse. Envuelta en una toalla y con el pelo mojado, se encontraba leyendo un libro junto a la ventana. Ricardo sintió el aguijón del deseo y de la rabia.

—¡Ricardo! ¿Qué pasa? —preguntó ella al verlo tan enojado.

—Dímelo tú —le espetó él—. ¿Qué sabes de la desaparición de mi hermana?

—¿Desaparición? —repitió ella y dejó caer el libro al suelo—. ¿Qué ha pasado?

—Eso es lo que pretendo averiguar. Mi hermano me dice que Floriana y tú os fuisteis juntas de la fiesta anoche. ¿Qué diablos te dijo?

Angie tragó saliva. Debía habérselo dicho la noche anterior, pensó.

—Que no podía soportar seguir adelante con la boda. Y que… que no amaba a Aldo.

—¿Te lo confió a ti?

—Sí.

—¿Por qué? Eres una extraña.

—Quizá porque pensó que nadie más querría escucharla —respondió Angie.

—¿Y qué le dijiste tú? —inquirió él, en tono acusatorio.

Ignorando su mirada de desdén, Angie intentó mantener la calma y se dijo que no debía dejar que él la intimidara.

—Le dije que era mejor que hablara con Aldo. Que arreglara las cosas con él. ¿Lo ha hecho?

—No, Angie. No lo ha hecho. Lo que ha hecho ha sido dejar una nota que tiene a mi madre histérica. Todo es un caos. ¡Se ha llevado su pasaporte para irse a Inglaterra con su dama de honor! ¡Romano y yo tenemos que detenerlas!

—¡Oh, cielos!

—¿No sabías que hubo un hombre en la vida de mi hermana en el pasado? Un inglés al que ella creía amar. Ahora, él ha vuelto a entrar en escena y ella cree que sigue amándolo.

—N–no. Yo… claro que no lo sabía —replicó Angie, mirándolo a los ojos—. Pero eso no importa, Ricardo. Es su vida. Es lo bastante adulta como para cometer sus propios errores. ¡Y no tiene que ser un error solo porque tú no estés de acuerdo! ¡No puedes obligarla a comportarse a tu gusto!

–¿No crees que deberías habérmelo contado?

–Iba a decírtelo…

–Pero anoche no, ¿verdad?

–Era tarde. Estabas cansado.

–Y tú, *cara*, no podías esperar a que te…

Ricardo dijo algo en italiano que Angie no comprendió, pero no necesitaba ser lingüista para intuir su grosero significado.

–¡Solo estabas pensando en tu propio placer! –continuó él, viendo cómo Angie se encogía.

–Lo cierto es que iba a decírtelo, pero te escapaste de mi cama a medianoche, como un ladrón –repuso ella–. De todos modos, ahora que lo pienso, ¿qué podrías haber hecho tú para arreglarlo, Ricardo? Porque una chica como Floriana, en una situación como la suya, lo último que necesita es a alguien como tú, con la capacidad emocional de una piedra.

–¿Cómo te atreves a hablarme así? –le espetó él con los puños apretados.

–¡Y tú no intentes echarme la culpa de lo que ha pasado! –gritó ella–. O bien Floriana es lo bastante adulta como para casarse o bien no lo es. Y, si lo es, ¡entonces tiene que aprender a ocuparse de sí misma y no obedecer a sus dos hermanos, que la tratan como si fuera una marioneta, solo porque están acostumbrados a controlar a todo el mundo a su alrededor!

Ricardo la miró lleno de desdén.

–Es suficiente. No sabes nada de modales –dijo él–. Eres mi empleada y estás aquí como invitada.

–Lo estaba. Pero me voy. ¡Dimito en este mismo instante!

–Es mejor que hagas las maletas cuanto antes, haré que alguien te lleve al aeropuerto –indicó él con frialdad–. Todo esto es un desastre y no hay razón para que te quedes aquí.

Angie tragó saliva. Tenía un nudo en la garganta.

–Tendré mis cosas recogidas de la oficina para cuando regreses a Londres.

–Ahorrémonos los melodramas, *cara*. Recogerás tus cosas cuando yo te lo diga –le espetó él, acercándose.

–Pero has dicho… –comenzó a decir ella y se quedó mirándolo–. Dijiste que podía irme con seis meses de paga si venía contigo a Toscana.

–¿De veras? Bueno, en vista de tu comportamiento, he cambiado de idea –señaló él, con una cruel sonrisa–. Un acuerdo verbal entre amantes se reduce a tu palabra contra la mía. La próxima vez, si estuviera en tu lugar, haría que me firmaran algún documento.

Capítulo 11

URANTE todo el camino de vuelta a Londres, Angie intentó convencerse de que no le importaba. Se dijo que Ricardo no podía obligarla a quedarse cuando el ambiente de trabajo era tan insoportable entre los dos.

Pero resultó que se equivocaba.

Angie habló con un abogado, que le dijo que Ricardo estaba en su derecho de obligarla a cumplir con el tiempo estipulado en su contrato después de haber avisado que se iba.

Además, estaba preocupada por Floriana y se preguntó qué habría pasado si le hubiera contado a Ricardo aquella noche lo que ocurría. Tal vez, habría podido evitar que la joven se fugara.

Angie temblaba de frío en el metro, de camino hacia el trabajo. También, temía lo peor, porque el día anterior había recibido un correo electrónico de Ricardo diciéndole que había regresado de Italia y que estaría en la oficina esa mañana, antes de salir para Nueva York a finales de semana.

Angie se mordió el labio inferior. Con un poco de suerte, él estaría fuera durante la mayor parte del tiempo que ella estuviera trabajando. Y, con un poco de suerte, encontraría otro trabajo enseguida. Había organizado un par de entrevistas para la semana siguiente.

Esperaba que su jefe no se presentara hasta las diez pero, por desgracia, él llegó mucho antes, exactamente en el mismo momento que ella. Los dos se encontraron en el gran vestíbulo de la entrada y se quedaron mirándose, como dos desconocidos.

—Hola, Angie —dijo él, como si no hubiera pasado nada.

La última vez que habían hablado, él le había estado gritando. ¿Quizá la saludaba en ese tono tan civilizado porque estaban en un lugar público?, se preguntó Angie.

—Buenos días —saludó ella, imitando su tono despreocupado.

Los dos tuvieron que compartir ascensor y, gracias a la presencia de dos mujeres del departamento de contabilidad, Angie se alegró por no tener que conversar con él. Pero el silencio pesaba demasiado entre ellos, se dijo, mientras se esforzaba por mirar a algún sitio que no fuera el atractivo rostro de su jefe.

Ricardo la recorrió con la mirada. Estaba pálida, pensó y parecía haber adelgazado, y eso que habían pasado solo unos días. Apretó los labios. Si ella había perdido peso, ¿a él qué más le daba?

Las puertas del ascensor se abrieron y Ricardo esperó a que ella saliera delante, percibiendo su suave aroma mientras ella avanzaba. La siguió al despacho, incapaz de apartar la mirada de su sensual contoneo,

125 de la página

a pesar de que se había dicho a sí mismo incontables veces en los últimos días que lo suyo había terminado.

Pero algo andaba mal.

Ella no tenía nada de especial. Sin embargo, ¿por qué sentía deseos de tomarla entre sus brazos y buscar consuelo en los dulces labios de ella?, se preguntó Ricardo. No estaba seguro y, como no estaba nada acostumbrado a la incertidumbre, aquella sensación le puso muy nervioso.

Después de colgar su abrigo en el perchero y sonarse la nariz por décima vez, Angie se atrevió a levantar la vista hacia él.

–¿Cómo está Floriana?

En silencio, Ricardo la miró y leyó en su rostro una sincera preocupación.

–Debería estar enfadado contigo –dijo él despacio–. Por darle tiempo para que ella escapara.

–¿Deberías? –repitió ella, con algo de esperanza.

–Pero he pensado en lo que dijiste, sobre que Floriana debía poder cometer sus propios errores –continuó él tras dar un suspiro–. Y me he dado cuenta de que Romano y yo habíamos llevado demasiado lejos nuestro papel de hermanos.

–¿La habéis encontrado?

–Sí. Está en Inglaterra –respondió él–. Y se va a casar.

–¿Casar? Pero… pero… ¿cómo? –preguntó Angie, confusa–. Me dijo que no amaba a Aldo y yo la creo.

–No con Aldo.

–¿Qué?

—Planea casarse con el inglés, Max, ese con el que salió hace años. Entonces, parece ser que él hizo lo correcto al terminar su idilio, pues ambos eran demasiado jóvenes. Pero la mera posibilidad de que Floriana se casara con otro hombre bastó para que Max le pidiera de rodillas que se casara con él. Y para que mi hermana supiera lo que de veras quería.

Angie le lanzó una cauta mirada.

—¿Y cómo se lo ha tomado tu familia?

—Como puedes imaginar, ha habido reacciones encontradas —contestó él, encogiéndose de hombros.

Lo único que Ricardo sabía seguro era que su hermana estaba muy feliz, Romano y Aldo se habían quedado lívidos y su madre parecía extrañamente complacida. Les había dicho a su hermano y a él que una pareja solo debía casarse por amor. Algo que había dejado atónito a Ricardo. Él siempre había creído que sus padres se habían casado por conveniencia, solo porque su madre había sido dos décadas más joven que su padre. Sin duda, se había equivocado.

—Me complace que las cosas le hayan salido bien a Floriana.

—¿Sí?

—Sí. Nadie debería casarse a disgusto —dijo ella y empezó a toser.

Ricardo se fijó en que ella tenía la nariz roja y la piel pálida en extremo.

—¿Estás bien?

—Estoy bien. Solo tengo un resfriado.

—No deberías trabajar —señaló él, frunciendo el ceño.

–Solo es un resfriado.

–No deberías trabajar –repitió él.

Ella le lanzó un gesto desafiante.

–Pensé que no tenía la opción de faltar a la oficina, Ricardo. Creí que tenía que trabajar todo el tiempo estipulado en mi contrato antes de irme del puesto o arriesgarme a que me demandaras. Pensé…

–Angie –la interrumpió él–. Dije esas cosas porque estaba enfadado y, cuando tuve tiempo de pensarlo bien, me di cuenta de que no debí haberlas dicho. Lo cierto es que me he dado cuenta de muchas cosas. La primera es que no quiero que te vayas.

¿No era curioso que las palabras que ella siempre había esperado oír, de pronto, no le resultaban emocionantes?, se dijo Angie, pensando que era demasiado tarde. La vida, reflexionó con amargura, era cuestión de hacer las cosas en el momento adecuado.

–No fui nada razonable –continuó él, al ver que Angie no respondía.

–Como siempre –señaló ella, esbozando una desganada sonrisa.

–¿Podemos olvidar lo que pasó?

Angie lo miró fijamente, pensando que su arrogancia era increíble. Él estaba demasiado acostumbrado a que las cosas se hicieran siempre como quería.

–Podemos intentarlo –repuso ella.

–¿Así que vas a quedarte? –preguntó él, con una sonrisa.

Hubo una pausa. Antes, Angie hubiera sido incapaz de resistirse a esa mirada.

–Ricardo, no puedo hacer eso.

—¿Por qué no? —inquirió él, desvaneciéndose su sonrisa.

—Porque no puedo. Hemos sido amantes y nunca podremos mantener la misma relación de jefe y secretaria. Encontrarás otra secretaria.

—No quiero otra secretaria.

—Pero la encontrarás y todo irá bien. Lo que pasa es que no te gustan los cambios, eso es todo —afirmó ella, sintiéndose fuerte—. La discusión que tuvimos no tiene importancia. Yo había planeado irme antes de eso y me iré pase lo que pase. Tengo que hacerlo, ¿no te das cuenta?

—¿Pero por qué?

Angie se dijo que debía decírselo, confesarle sus sentimientos.

—Porque antes o después nuestra aventura se terminará y será intolerable seguir trabajando juntos.

Ricardo hizo una mueca. Estaba acostumbrado a ser él quien pusiera punto y final a sus relaciones.

—No es una aventura, ya que ninguno de los dos estamos casados —objetó él con tozudez.

—Entonces, ¿cómo lo definirías?

—Una relación —dijo él, encogiéndose de hombros.

—Una relación de trabajo, sí, pero nada más. ¡Ni siquiera hemos salido una vez juntos!

—¿Quieres decir que eso es lo que quieres? —la increpó él—. ¿Que empecemos a salir a sitios?

Angie negó con la cabeza, frustrada.

—En absoluto.

—¿No? No se me ocurre qué otra cosa podrías

querer –dijo Ricardo con voz suave y la tomó entre sus brazos, besándola.

A pesar de lo mucho que lo deseaba, Angie se apartó de él, aprovechando que aún le quedaban fuerzas.

–Te vas a contagiar de mi resfriado –observó ella y, de pronto, inexplicablemente, comenzaron a castañetearle los dientes.

Ricardo le puso la mano en la frente.

–¡Estás ardiendo! No es un resfriado. Tienes fiebre –dijo él y la ayudó a sentarse en el sofá. A toda prisa, descolgó el teléfono, marcó un número y pidió algo en italiano–. Sí, sí, *súbito* –dijo al teléfono. Luego, tomó el abrigo y el bolso de Angie–. Vamos, *piccola*. Nos vamos.

–¿Adónde?

–Te voy a llevar a casa. Necesitas meterte en la cama.

–No…

–Por favor, no discutas, Angie. Ahora no.

Angie le permitió acompañarla escaleras abajo, vagamente consciente de los rostros curiosos que los miraban. Luego, tras ponerse el cinturón en el coche, se dio cuenta de que Marco estaba tomando una ruta muy extraña para ir a Stanhope.

La limusina se detuvo frente a un enorme edificio antiguo. Un sirviente les abrió la puerta y Angie, que se sentía un poco atontada, cayó en la cuenta de que aquella no era su casa.

–¿Qué estás haciendo? –preguntó ella, mientras Ricardo la llevaba del brazo y tomaban el ascensor hasta el piso de arriba–. Creí que me ibas a llevar a casa.

–¿Crees que te iba a dejar allí, en ese lugar pequeño y miserable? ¿Sola? ¿Sin nadie que te cuide?

–No necesito que nadie me cuide –repuso ella, tozuda.

–Sí lo necesitas.

Ricardo la llevó en brazos a lo que era, obviamente, la habitación principal y la dejó sobre una cama enorme.

A continuación, la desvistió con habilidad, dejándola solo con la ropa interior, y la tapó con una sábana antes de ir a llamar al médico.

–No necesito un médico –protestó Angie, a pesar de que estaba tiritando debajo de la sábana.

El médico llegó enseguida y le puso un estetoscopio sobre el pecho, al mismo tiempo que le tomaba la temperatura.

–Tiene mucha fiebre –anunció el médico–. Debes asegurarte de que tu novia beba mucha agua –prescribió mirando a Ricardo–. Y que tome los analgésicos de forma regular. Tiene una gripe muy fuerte, pero se pondrá bien dentro de unos días.

Angie quiso decir que ella no era su novia, pero apenas podía hablar.

–No puedo quedarme aquí… –comenzó a decir y se puso a toser.

–Descansa –ordenó el médico.

–Yo me encargaré de que descanse.

Era una bendición, la verdad, se dijo Angie, que nunca había sido cuidada con tanto mimo. De pequeña, siempre había sido su hermana menor, Sally, quien se había llevado todos los mimos. Sally había sido la preferida de su padre y, tras la muerte de este, se había sentido tan destrozada que había demandado toda la atención de su madre. Y Angie siempre se había encargado de consolar a las dos. La eficiente Angie, que se ocupaba de todo y nunca se quejaba.

Durante dos noches y dos días enteros, Angie se debatió entre pesadillas, ardiendo de fiebre. Una vez, con ojos borrosos vio a Ricardo a su lado, mojándole el cuerpo desnudo con una esponja húmeda. Con manos temblorosas, ella intentó cubrirse los pechos, pero Ricardo se las apartó, con gesto preocupado.

Ricardo se preguntó qué diría ella si supiera que la noche anterior, en su delirio, se había aferrado a él y le había suplicado que no la dejara. Él había tenido que hacer un esfuerzo sobrehumano para cubrirla con la sábana y no tumbarse a su lado y poseerla, como ella le había estado rogando.

El tercer día, sin embargo, el olor a café despertó a Angie. Parpadeó y miró a su alrededor y, sin poder dar crédito a lo que veía, se percató de que estaba en un dormitorio de dimensiones colosales.

¡Estaba en el dormitorio de Ricardo! Tumbada en su cama. Sola.

Los muebles eran muy antiguos y brillaban como si fueran de seda. En las paredes, había exquisitos cuadros de paisajes de Toscana. Las rosas blancas de un jarrón desprendían un aroma sutil y unas ventanas gigantes daban a los jardines de Green Park. Sintió el contacto de algo muy suave sobre la piel y, al levantar la sábana, se dio cuenta de que llevaba una especie de camisón largo de seda finísima. ¿De dónde habría salido?

Tenía las piernas tan débiles que tardó un buen rato en levantarse de la cama pero, tras unos segundos, se sintió lo bastante fuerte como para dirigirse al baño. Al mirarse al espejo, se llevó un buen susto.

Tenía el pelo enmarañado y las mejillas hundidas, debía de haber perdido al menos cinco kilos. Pero el color estaba empezando a regresar a su rostro y tenía los ojos muy brillantes. Encontró un cepillo de dientes sin estrenar y algo de jabón y se lavó. Después, utilizó uno de los peines de Ricardo para intentar poner en orden su pelo.

De regreso al dormitorio, oyó el ruido de una radio en la otra punta de la casa y se dirigió hacia él. Allí, en una enorme cocina, estaba Ricardo preparándose una taza de café. Llevaba unos pantalones negros y una camisa de seda, con los pies descalzos y el pelo aún mojado de la ducha.

Él debió de oírla porque se giró hacia ella y la miró de arriba abajo. Angie, sin poder evitarlo, se sonrojó. No fue tanto porque la viera con tan poca ropa, pues él la había visto con menos, sino porque la envolvió una sensación de intimidad que nunca había experimentado antes.

–Tienes mejor aspecto –murmuró Ricardo con gesto aprobatorio–. Mucho mejor.

–Me siento mejor, Ricardo –dijo ella y se cruzó de brazos–. ¿Qué ha pasado?

–Has estado enferma –repuso él con voz suave–. Eso es todo.

–Y tú has estado…

–Ahora no, por favor. Siéntate.

Ricardo señaló una butaca de cuero negro, aco-
modada con cojines, y Angie se sentó agradecida,
pues aún sentía las piernas débiles.

–¿Café? –ofreció él.

Angie se preguntó si Ricardo se daba cuenta de
que, de repente, sus roles estaban invertidos. Era él
quien estaba cuidando de ella. No debía acostum-
brarse a ello, se dijo para sus adentros.

–Por favor.

–Y supongo que querrás algo para comer. Debes
de estar hambrienta.

–Me muero de hambre.

–¿Te apetecen unos huevos?

–Me encantaría.

Ricardo se puso a canturrear mientras derretía man-
tequilla en la sartén para hacer el desayuno. Diez minutos después, los dos estaban sentados juntos, comiendo huevos revueltos y pan de pasas, y bebiendo
un cargado café solo.

Angie devoró el contenido de su plato, saboreando
el momento, aunque sabía que le rompería el corazón recordarlo más tarde. Nunca habían compartido
esa clase de intimidad, aunque habían disfrutado de
otro tipo de intimidad de sobra. Y, a pesar de todas
las discusiones que habían tenido en su relación de
trabajo, lo cierto era que siempre habían sido un
equipo. Al menos, así podrían separarse en buenos
términos, como su larga relación laboral merecía.

–Gracias, Ricardo –dijo ella en voz baja–. Por cuidar tan bien de mí.

—No quiero que me des las gracias.

—Aunque no quieras, te las doy.

Angie vio que Ricardo sonreía y tuvo ganas de pedirle que dejara de hacerlo. No quería que él fuera tan irresistible, ni que la tratara tan bien… ¡Prefería que se portara como un bruto imposible de amar! Pero ella sabía que estaba librando una batalla perdida. Porque siempre lo había amado, aun cuando él se había puesto imposible. Lo había amado en la cama. Lo había amado a pesar de todos los malentendidos y malas palabras. Se dio cuenta de que siempre amaría a Ricardo Castellari y esa era la razón por la que debía dejarlo.

—De cualquier modo, después de este delicioso desayuno, supongo que es mejor que me aparte de tu vista —dijo ella.

No solo era una expresión estúpida, reflexionó Ricardo, sino que era por completo inapropiada. No podía imaginar nada que le apeteciera más que tenerla delante y deleitarse mirándola medio desnuda a su lado.

Fijó en ella sus oscuros ojos.

—¿Por qué no te quedas un tiempo?

A Angie se le aceleró el corazón.

—¿Quedarme?

—¿Por qué no? Aquí tienes más comodidades que en tu casa, además tengo empleados abajo que tienen órdenes de hacerte los recados. Y yo me voy a Nueva York unos días, ¿recuerdas?

Angie se dio cuenta, con desesperación, de que había sido una estúpida al albergar esperanzas de que la oferta de Ricardo hubiera sido distinta. ¿Hasta dónde podía llegar su patetismo?, se reprendió a sí misma. ¿Cómo podía haber pensado que Ricardo le estaba pidiendo que se mudara a su casa solo porque la había estado cuidando durante su brote de gripe?

—Es una oferta muy amable, pero no puedo hacerlo –dijo ella.

—Claro que puedes, Angie. Disfruta de un poco de lujo para variar –insistió él.

Angie dio un trago a su taza de café y levantó la vista, con el ceño fruncido. Si Ricardo hubiera pretendido hacerle sentir como una pobre huérfana, no podría haberlo hecho mejor, se dijo. ¿Acaso él la imaginaba alucinando con su eficiente sistema de calefacción central y las gruesas alfombras que cubrían las habitaciones de lado a lado? ¿Acaso sentía lástima por ella, porque tuviera que volver a su pequeño apartamento a más de una hora del centro de la ciudad?

—No quiero que te sientas obligado por más tiempo –dijo ella con tirantez.

Ricardo observó una orgullosa determinación marcada en el rostro de ella y suspiró. Angie seguía enojada, pensó. Pero, sin duda, un poco de descanso y un poco de tiempo podrían hacer que su enfado se desvaneciera, ¿o no?

—No me siento obligado. Quiero que te quedes. Que disfrutes. Y ya hablaremos cuando yo regrese de mi viaje.

—¿Hablar?

Ricardo acercó su rostro al de ella. Lo bastante cerca como para sentir la suave calidez de su aliento, pero no lo suficiente como para besarse.

—Veamos cómo ves las cosas cuando yo vuelva, ¿eh? No es una petición tan poco razonable, ¿no crees, *piccola*?

Ricardo sabía muy bien cómo ser irresistible, pensó Angie. Maldición. ¿Cómo podía rechazar una invitación así, cuando aquello era lo que ella realmente quería? Pero si se quedaba allí, supuestamente para recuperarse, ¿no correría peligro de ponerse a construir castillos en el aire y esperar más de la situación de lo que Ricardo nunca había planeado?

Ricardo la miró con gesto escrutador.

—Ya sabes que no voy a aceptar un no por respuesta.

—En ese caso, supongo que la respuesta es sí.

Él sonrió.

—Aquí están las llaves. Quédate todo el tiempo que quieras. Y ahora, si me disculpas, voy a terminar de hacer la maleta.

Angie no había esperado para nada aquella cortesía y sintió desconfianza. ¿Cuáles serían los motivos de Ricardo?, se preguntó. Además, él no había hecho ningún intento de besarla, reflexionó.

Tras unos momentos, Ricardo volvió a aparecer en la cocina, con una chaqueta oscura, su maletín y una pequeña bolsa de viaje.

—Bueno, me voy. Descansa mucho, ¿lo prometes?

Angie asintió y él se marchó.

Medio escondida detrás de las cortinas, Angie miró por la ventana y observó cómo Ricardo se metía en la limusina negra que lo esperaba frente a la puerta. Enseguida, el vehículo se perdió en el tráfico, en dirección oeste.

Entonces, de pronto, cayó en la cuenta de lo que acababa de pasar.

Se estaba quedando en casa de Ricardo. Él le había dicho que se quedara todo el tiempo que quisiera. La había estado cuidando durante su enfermedad. Y, a menos que ella lo hubiera imaginado, esa mañana la había tratado con… ternura.

¿Significaba eso algo? ¿Sería una tonta por pensar que sí? ¿O sería una ingenua por creer que no?

Probablemente, era una pérdida de tiempo ponerse a hacer suposiciones, se dijo.

Así que, en vez de pensar demasiado, Angie intentó ponerse cómoda. Tras un rato, encontró la televisión, que estaba oculta tras un panel deslizante. Tenía el tamaño de una pequeña pantalla de cine. Ricardo tenía una enorme colección de películas, incluidas algunas italianas muy buenas que, por suerte, tenían subtítulos. Después, encontró una sala de estudio llena de libros, que tenía un sofá donde acurrucarse a leer.

Cuando se sintió mejor, Angie fue a dar una vuelta por Green Park y echó un vistazo a las tiendas. No se compró nada, todo era demasiado lujoso.

Ricardo la llamó por teléfono a la hora de almorzar al día siguiente, justo antes de entrar a una reunión de trabajo y le preguntó si se encontraba bien. Ella le dijo que sí. Entonces, hubo una larga pausa repentina en la conversación, como si él hubiera pensado decirle algo pero, en el último momento, hubiera cambiado de idea.

–¿Y cómo está tu hermana? ¿Sigue divorciándose? –preguntó él, por decir algo.

Angie se dio cuenta de que ambos habían estado preocupados por sus respectivas hermanas.

–Eso creo. Hace tiempo que no hablo con ella. Me mandó un mensaje hace poco, pero ella nunca mira su correo electrónico.

–Llámala desde mi casa.

–No, gracias…

–Llámala, Angie –insistió él.

Angie colgó sintiéndose excitada. En esa ocasión, la temperatura de su cuerpo no tenía nada que ver con la fiebre. Ricardo nunca había sido tan considerado con ella antes.

El teléfono sonó de nuevo un poco después y Angie creyó que sería él otra vez.

–¿Hola? –respondió ella con voz suave.

–Hola –saludó una mujer con voz aterciopelada y acento norteamericano–. ¿Hablo con la criada?

Durante un instante, Angie pensó que se habían equivocado de número.

–No, soy… la secretaria de Ricardo Castellari.

–Ah, hola. Soy Paula. Paula Prentice, una amiga de Ricardo.

–¿En qué puedo ayudarla, señorita Prentice? –preguntó Angie, intentando disimular su nerviosismo.

–Bueno, es que él tiene un vestido rojo que me pertenece. Uno que no llegué a estrenar. Es un pre-

cioso vestido y Rico lo mandó hacer para mí y...
bueno, me parece una pena no ponérmelo.

De pronto, Angie lo comprendió. Por supuesto.
Ricardo no había roto con su vieja costumbre com-
prándole un regalo que habría requerido un poco de
imaginación y un poco de esfuerzo mental. En vez
de eso, le había regalado un vestido que había sido
comprado para otra mujer. Había sido cuestión de
estar en el lugar correcto y en el momento correcto.
O, más bien, equivocado.

Angie tuvo ganas de dejar caer el auricular. O de
colgar de golpe. Pero, a pesar de que se sentía enga-
ñada por haberse dejado engatusar por aquel regalo,
ella seguía siendo, sobre todo, una eficiente secretaria.

—Por supuesto, señorita Prentice —repuso Angie—.
No se preocupe. Me ocuparé de arreglarlo.

—Gracias.

Después de colgar el teléfono, Angie se quedó
mirando al vacío. Dirigiendo su vista al cielo estre-
llado, recordó la noche que había estrenado el vestido. La felicidad que había sentido al pensar que Ricardo le había regalado algo tan personal. Un regalo
que le había hecho sentirse como una mujer por primera vez en su vida. Un vestido que la había transformado lo suficiente como para hacer que Ricardo
quisiera acostarse con ella. ¿Habría él estado imagi-
nando que era la otra mujer, la mujer para la que realmente había comprado el vestido? ¿Habría sido
eso lo que había tenido él en la cabeza cuando la había penetrado con tanta pasión?

Mordiéndose el labio inferior, Angie miró a su

alrededor. La casa de Ricardo le pareció, de pronto, terreno extraterrestre. ¿Cómo podía haber sido tan tonta para esperar que él la amara? Pero no iba a derrumbarse. Lo único que tenía que hacer era mantener la mente ocupada. Seguir adelante. Y sabía exactamente por dónde empezar.

Capítulo 12

EL AIRE caliente le acarició el pelo y se dejó mecer por el sonido del océano. Angie se puso un poco más de filtro solar en la nariz y bostezó. No había nada mejor para curarse el corazón roto que una playa australiana, pensó, mientras levantaba el rostro hacia el sol.

−¡Tía Lina, tía Lina!

Un niño pequeño se acercó a ella, llenándola de arena mojada. Angie se rio mientras su sobrino de cuatro años se lanzaba sobre ella y le rodeaba el cuello con las manos.

−Hola, Todd −dijo Angie, riendo−. ¿Has nadado mucho?

−¡Mami dice que nado como un pez!

−¡Entonces, eso es que lo haces muy bien!

Angie levantó la vista y vio que se acercaba su hermana, escurriéndose el pelo mojado y dorado por el sol. No habían estado juntas en la playa desde la infancia y las cosas habían cambiado mucho desde entonces. Cuando las dos niñas habían sido pequeñas, Sally había sido la más guapa pero, tras su llegada, todo el mundo había estado comentando lo parecidas que eran las dos. Y eso le había complacido, no solo porque implicaba que era atractiva, sino también porque le daba la sensación de pertenencia. La sensación de formar parte de algo, de una familia.

Angie sonrió a su hermana.

—¿Qué tal van las lecciones de natación? —preguntó Angie.

—Genial, aunque estoy agotada —contestó Sally, sonriendo—. Voy a volver a la casa y a preparar las cosas para la barbacoa de esta noche. ¿Quieres venir?

Angie se estiró sobre la arena y negó con la cabeza.

—No. Creo que me quedaré aquí un rato, quiero disfrutar del sol. ¿Quieres que cuide de Todd?

—No, está cansado. Espero que se duerma la siesta —contestó Sally y tomó una toalla—. Oye, Angie… no sé cómo darte las gracias…

—No hace falta que me des las gracias —aseguró Angie porque, en realidad, le estaba sentando bien el hecho de preocuparse por alguien para no pensar demasiado. Había conseguido ver su relación con Ricardo desde otra perspectiva. Además, le había encantado conocer a su pequeño sobrino.

—Bueno, te lo mereces —dijo Sally—. Por haberme hecho entrar en razón y darme cuenta de lo que tenía. Me estaba arriesgando a tirarlo todo por la borda por una tontería.

Angie asintió. Había llegado a la casa de su hermana en Sidney con el corazón encogido, aunque decidida a no hablar de la causa de ello. Porque quería dejar a Ricardo como parte del pasado y, además, era un tema demasiado doloroso para ella. Se había sentido demasiado traicionada y su autoestima estaba por los suelos.

Intentando distraerse de esos pensamientos, Angie se había concentrado en averiguar si el matrimonio de su hermana estaba, realmente, acabado. Había recordado la horrible atmósfera que había poblado los días previos a la fallida boda de Floriana con el duque y eso le había dado una idea. Porque ella nunca había tenido ninguna duda sobre lo enamorados que habían estado Sally y Brad el día de su boda.

–Intenta recordar lo enamorada que estabas de Brad el día que te casaste con él –había sugerido Angie a su hermana–. Piensa en eso.

Y, de manera sorprendente, esa sencilla táctica había puesto la reconciliación en marcha. En apariencia, el marido de Sally había estado trabajando demasiado. Él se había sentido sobrecargado y ella se había sentido abandonada. Se había abierto un abismo entre ellos, que no había hecho más que crecer. Aun así, en su interior, los dos siempre se habían amado.

Angie se había dado cuenta de que, tal vez, una tercera persona podría hacer de intermediaria, ayudándoles a ver su situación desde otro ángulo. Sally tenía muchas cosas por las que estar agradecida, lo que pasaba era que, momentáneamente, las había olvidado.

Al mismo tiempo, Angie había tenido la oportunidad de conocer a su sobrino y eso había servido para que Brad y Sally pudieran disfrutar de algún tiempo de calidad a solas. Y su amor había florecido de nuevo.

–¿Y qué me dices de ti? –había querido saber Sally una noche, mientras compartían una botella de vino–. Tienes muy buen aspecto, Lina. Debes de estar enamorada.

Bueno, lo había estado, se dijo Angie. Se había enamorado de un hombre que había jugado con ella. Un hombre que nunca la correspondería, a pesar de lo compatibles que eran en la cama.

Pero había decidido que no quería prolongar la agonía contándoselo a su hermana. Cuanto antes se lo sacara de la cabeza, antes podría superarlo.

Por eso, Angie le había contado a su hermana que había salido con un hombre que no había sido especial para ella. Y, al mismo tiempo, había intentado convencerse a sí misma de ello.

Angie estaba poniéndole la camiseta a Todd cuando, de pronto, Sally emitió un silbido.

–Oh, cielos. ¡Parece que los dioses han enviado a un hombre del cielo y se dirige hacia nosotras! –exclamó Sally.

–Sally, que eres una mujer casada –bromeó Angie.

–Pero puedo mirar. Es muy guapo. Y… ¡Lina, viene hacia aquí!

Angie volvió la cabeza de inmediato para mirar al hombre al que su hermana se refería. Le dio un vuelco el corazón al reconocerlo de inmediato. Su pelo negro y ondulado. La musculatura de su cuerpo. Su altura. Aunque había muchas personas atractivas de origen italiano en Sidney, Ricardo Castellari sobresalía por sí mismo.

–¿Quién es ese hombre? –preguntó Todd, al ver que las dos mujeres lo miraban anonadadas.

–Sí. ¿Quién es ese hombre? –quiso saber Sally, mirando a su hermana.

Angie no pudo hablar. Se quedó sin palabras. ¿Qué estaba haciendo él allí? ¿Por qué le hacía tan difícil olvidarlo y continuar con su vida?

–Es mi jefe –respondió Angie, despacio.

Sally la miró con curiosidad.

–¿Ese es tu jefe? ¿Ese hombre que camina hacia nosotras mirándote como si quisiera…?

–¿Qué, mamá?

–Nada, cariño –dijo Sally–. Bueno, aquí viene y, por la expresión de su cara, es mejor que te prepares, Angie.

El corazón de Angie latía a toda velocidad bajo el bikini color esmeralda que había comprado en una de las muchas boutiques playeras de Sidney. Ella había sabido que, antes o después, tendría que volver a encontrarse con él. Pero no había esperado que fuera allí, en ese momento. No se había preparado para el encuentro ni había practicado para poner en marcha sus defensas y mirarlo como si no la importara nada.

La expresión brillante de los ojos de él no era nada amistosa. Se detuvo enfrente de ella y, durante un momento, se quedó mirándola sin decir nada.

–Hola, Angie.

Angie tragó saliva.

–Hola, Ricardo.

Se quedaron mirándose, quietos.

–¿Es que nadie va a presentarme? –intervino Sally–. Soy Sally, la hermana de Angelina.

–Me llamo Ricardo Castellari y me alegro de conocerte, Sally, pero necesito estar a solas con tu hermana, si no te importa.

–Claro, claro –repuso Sally, asintiendo con la cabeza–. Si quieres, ven luego a vernos a la casa. Vamos, Todd.

Todd estaba mirando hacia arriba.

–¿Quién es este hombre, mami?

–Un amigo de la tía Lina. Vamos… lo verás después. O, al menos, eso creo.

Con la boca seca, Angie observó cómo su hermana y su sobrino se alejaban. Porque, aunque la playa estaba llena de bañistas, se sintió como si los dos se hubieran quedado solos en el mundo, mirándose el uno al otro como combatientes.

¿Qué derecho tenía él a parecer tan enojado?, se dijo Angie.

–¿Qué estás haciendo aquí, Ricardo? –preguntó ella en tono frío.

¿Cómo podía ser ella tan poco razonable?, pensó Ricardo y, a pesar de ello, tuvo ganas de tomarla entre sus brazos y besarla.

–¿Tú qué crees que estoy haciendo aquí? –preguntó él a su vez–. ¿Y tú cómo has podido irte así, de forma tan melodramática, sin decirle a nadie dónde estabas?

¡Qué hombre tan arrogante!, pensó ella.

–¿Cómo que por qué? Porque Paula llamó. ¿Recuerdas? Paula, la hermosa actriz californiana con la que saliste casi un año. Pues llamó pidiéndome que le enviara el vestido rojo. ¡Su vestido! ¡El vestido que yo creí que era mío porque me lo habías regalado por Navidad!

Ricardo frunció el ceño.

−¿De eso se trata, Angie? ¿De un maldito vestido?

−¡Sí! −gritó ella y negó con la cabeza−. ¡No!

−Deja que te cuente lo del vestido.

Angie tuvo deseos de taparse los oídos.

−¡El vestido no me importa!

−¡Bueno, a mí sí, así que es mejor que me escuches! −exclamó él y tomó aliento−. Paula se lo encargó a un diseñador de moda y lo puso en mi cuenta, sin molestarse en preguntarme. Solía hacer esas cosas todo el tiempo. Ella quería casarse y yo no, así que rompimos. Algún tiempo después, mucho tiempo después, en realidad, me entregaron el vestido en mi hotel en Nueva York. Yo no quería volver a hablar con Paula, por eso me lo llevé a Londres. Había pensado donarlo a la caridad, para alguna subasta benéfica. Pero, ese día, algo me impulsó a regalártelo a ti.

Angie sabía con exactitud qué había sido ese algo. Él se lo había regalado pensando que podría ayudar en algo a mejorar el aspecto de su anodina secretaria, sin tener en cuenta el efecto que podría causar. Sintiéndose derrotada, negó con la cabeza, intentando contener las lágrimas. No quería quedar como una tonta delante de él.

−No importa cómo llegó hasta mí ni por qué me lo regalaste. Aunque habría estado bien que hubieras sido sincero respecto al vestido desde el principio.

–¿Cómo? ¿Regalar un vestido a una mujer y decirle que había sido diseñado para otra? –le espetó él–. Hasta yo sé lo bastante sobre psicología femenina como para reconocer que no sería buena idea.

–¡Claro, tú has tenido muchas oportunidades de investigar la psicología femenina!

Ricardo la miró con ojos ardientes.

–Quizá sí, pero ninguna de ellas ha sido tan tozuda y tan cargante como tú estás siendo ahora mismo, Angie Patterson.

Cansada, Angie negó con la cabeza. Sabía que solo había sido culpa suya interpretar de ese modo lo del vestido. No podía seguir culpando a Ricardo. Solo había sido un regalo sin ninguna importancia de jefe a secretaria y ella había reaccionado como si le hubiera presentado un anillo de compromiso.

–De cualquier manera, no importa –susurró Angie–. El vestido es solo un síntoma de la enfermedad. Me ha hecho darme cuenta de lo estúpida que he sido. Debería estarle agradecida a ese vestido, de veras.

Ricardo frunció el ceño. Angie parecía estar delirando, igual que había hecho cuando había tenido fiebre. Entonces, ella le había parecido tan vulnerable y necesitada que le había humedecido el cuerpo con agua templada y le había dado pequeños sorbos de agua con la misma delicadeza que si fuera un gatito recién nacido.

–¿De qué diablos estás hablando?

Él no lo comprendería nunca si no se lo decía, pensó Angie. Por muy doloroso que fuera, debía decírselo.

–El vestido me convirtió en alguien… alguien que no soy yo –admitió ella–. Alguien de tu mundo. Pero yo nunca perteneceré a tu mundo, Ricardo. Nunca debimos haber dado el salto de colegas a amantes. No debimos hacerlo.

–No lo dices en serio, Angie.

–Claro que sí. De veras que sí –respondió ella. Le estaba resultando realmente difícil decir aquello, sobre todo porque lo tenía allí delante, mirándola con gesto insistente. Era el hombre al que había amado siempre. Con el corazón lleno de pesadumbre, se dio cuenta de que no le había preguntado lo principal–. ¿Por qué has venido? ¿Y cómo me has encontrado?

–Le pregunté a tu madre –contestó él y levantó la mano para hacer callar a Angie cuando ella abrió la boca para interrumpirle–. Y he venido porque quiero que vuelvas.

Con el corazón roto, Angie apenas pudo seguir conteniendo las lágrimas.

–Pero no puedo volver –musitó ella–. Digas lo que digas. No puedo seguir trabajando para ti, Ricardo. ¿No te das cuenta?

Ricardo negó con la cabeza, impaciente.

–No quiero que trabajes para mí.

–¿No? –preguntó Angie, confusa.

–De ningún modo. Ya le he dado el puesto a Alicia.

–¿Alicia?

–Sí. Es muy buena. Tú me lo dijiste hace tiempo. Será una buena secretaria y, además, no me contesta del modo en que lo haces tú.

Entonces, Ricardo pensó que nunca ninguna mujer le había contestado como Angie. Ninguna se había comunicado de manera tan íntima con él. Al percibir las lágrimas en los ojos de ella, se quedó sin palabras, por primera vez en su vida. Y, también por primera vez, descubrió que algo no era suyo ni estaba a su disposición solo porque él quisiera tomarlo.

Hacía tiempo, Angie habría corrido hacia él solo con que él chasqueara los dedos, reflexionó Ricardo. Pero ella había cambiado. Igual que él. Ella había puesto barreras entre los dos, para protegerse. Y él debía romper esas barreras con sus manos desnudas. Aun así, el fiero orgullo y la dignidad que Angie mostraba no servían más que para aumentar su deseo por ella.

—Quiero que vuelvas para estar conmigo, *cara mia*. Como mi pareja, no como mi secretaria. *Mia donna*. Porque, a veces, necesitas echar algo de menos para darte cuenta de lo mucho que significa para ti. Yo tardé un poco en darme cuenta por qué todos los días me resultan grises. Tardé en reconocer lo que había tenido delante de las narices todo el tiempo.

Amor. Algo en lo que Ricardo había decidido no creer, aferrándose a su falsa receta para el matrimonio. Sin embargo, los hechos le habían demostrado que las ideas eran ilusorias. Y su corazón le había hecho pisar la tierra. Cuando había regresado de Estados Unidos y Angie no había estado allí, el dolor lo había partido en dos.

Tomando la mano de Angie, se la llevó a los labios mientras la miraba a los ojos con intensidad.

–Te voy a decir algo que nunca le he dicho a ninguna otra mujer, *piccola* –dijo él con suavidad–. Te amo con todo mi corazón.

Con el corazón latiéndole a toda velocidad, presa del miedo y la incredulidad, Angie negó con la cabeza, sin querer creerlo… sin atreverse. Temiendo el dolor que la destrozaría si él no lo había dicho en serio.

–No, tú no me amas. No crees en el amor, ¿te acuerdas? No existe, según tú. Es solo química, deseo.

Ricardo se encogió al oírle repetir las mismas palabras que él le había dedicado hacía tiempo.

–Fui un tonto –admitió él–. Un tonto arrogante. Pero, a veces, tienes que experimentar algo por ti mismo para poder creer en ello. Y yo te amo, Angie –repitió con suavidad.

Angie no pudo evitar que el corazón se le acelerara aún más. Él era arrogante, sí, pero su arrogancia podía resultar una cualidad adorable, además de peligrosa. Pensó en la vez que él le había hablado de su antigua visión del amor. Entonces, ella se había sentido desolada. Además, su autoestima había estado tan baja que se había conformado con cualquier migaja que él había querido entregarle. Pero ella había cambiado. Ya no le parecía importante lo que pudiera poseer o el lugar de origen. En el campo de juego, era necesario que los dos jugadores dieran y recibieran amor en un plano de igualdad.

–¿Quieres que te diga por qué te quiero? ¿Quieres que te lo diga? –prosiguió él, de forma inexorable–. ¿Por dónde empiezo? Eres hermosa, por dentro y por fuera. Amable, dulce, fuerte y sexy. No te asusta decirme lo que piensas. Y nunca había sospechado que una buena amiga pudiera ser una amante tan exquisita.

Ricardo la miró y, de pronto, cayó en la cuenta de que Angie estaba allí delante, sin nada más que un pequeño bikini color esmeralda. Había estado tan concentrado en expresar su mensaje que no había reparado en el hermoso cuerpo de ella.

—¿Me crees, Angie? ¿Crees que te has convertido en parte de mi vida, como los latidos de mi propio corazón?

La poesía de sus palabras emocionó a Angie. Y la asustó.

Temblorosa, lo miró con ojos húmedos. Apenas podía creer lo que estaba oyendo, pero sí sabía que Ricardo siempre decía la verdad.

—Dímelo otra vez —susurró ella.

—Te amo.

—Otra vez.

Ricardo sonrió.

—Te amo.

Angie dejó que la última de sus barreras se desvaneciera y le rodeó el cuello con los brazos, acercando su rostro al de él.

—Te amo, Ricardo —musitó ella—. Mucho.

Entonces, Ricardo se rio. Cualquiera de sus colegas en el trabajo se habría sentido sorprendido por lo sincero y despreocupado de aquella risa. Tiernamente, apartó un mechón de pelo de la cara de ella.

—Pues dime, *cara mia*, ¿por qué estás llorando?

—¡Porque soy tan feliz...! —afirmó ella, mirándolo a los ojos.

Y allí, bajo el sol australiano, ajeno a las miradas de los bañistas, Ricardo tomó a Angie entre sus brazos y la besó, limpiándole las lágrimas y reflexionando que la lógica femenina era algo muy extraño.

Epílogo

QUIERES bajar ya?

Angie se arregló el sombrero una vez más y se acercó a la ventana para mirar hacia los hermosos jardines que rodeaban el castillo.

–Tenemos mucho tiempo, pero siempre es mejor ser puntuales en una ocasión tan importante como esta. Y me gustaría echarles un vistazo a las flores de la iglesia antes de que empiece.

Ricardo esbozó una tierna sonrisa mientras recorría a su esposa con la mirada.

–Dentro de un minuto. Deja que te mire primero.

Angie llevaba un vestido color violeta que contrastaba a la perfección con su pálida piel y sus grandes ojos verdes. En la cabeza, llevaba un pequeño tocado con una pluma a juego. Estaba muy chic, encantadora y tremendamente hermosa, pensó Ricardo.

Notando cómo él la escrutaba, Angie se sonrojó, llena de placer al interpretar la expresión de su esposo. Para ser un hombre que una vez se había declarado escéptico ante el amor, había cambiado mucho. Y había estado compensándola por ello desde entonces, reflexionó ella.

Se habían casado de inmediato nada más regresar

de Australia. Ricardo lo había querido así, había insistido en ello. Y ella no se había opuesto en absoluto. Él había querido demostrarle la profundidad y la sinceridad de sus sentimientos por ella.

Se habían casado en la pequeña capilla de piedra que había junto al castillo Castellari, en un hermoso día de primavera, bajo un cielo azul y con el canto de los pájaros sirviendo de eco al corazón de la novia, lleno de amor.

Rozando con el suave tul de su vestido el gastado empedrado, Angie había caminado hasta el altar, con Todd marchando tras ella, vestido de paje. Romano había sido el padrino del novio. Ella había percibido en él cierto aspecto enigmático y un poco desaprobatorio, pero confiaba en ganárselo con el tiempo. En su interior, Romano le daba a la familia la misma importancia que Ricardo y estaba segura de que le daría la bienvenida a la suya.

Solo Floriana no había asistido a la ceremonia. Había sido llevada al hospital por una emergencia por complicaciones en el embarazo. Angie había querido posponer la boda, pero Floriana y Max se habían negado. Al final, había sido una falsa alarma. Floriana había dado a luz a un precioso bebé y todas las discusiones que había tenido antes con su familia habían sido olvidadas ante la llegada de aquella nueva vida.

Ricardo se había sentido seducido por su sobrino, y Romano también. Y a Angie se le habían saltado las lágrimas cuando los padres le habían pedido que fuera la madrina del bebé.

Angie se colocó el sombrero por última vez y se

giró hacia su esposo, que estaba muy atractivo con un bonito traje de chaqueta oscuro.

–¿Sabías que, para una familia italiana, es un gran honor ser la madrina del primer hijo? –preguntó él con ternura mientras se acercaba a su esposa, junto a la ventana, y le rodeaba los hombros con un brazo.

Angie tomó su bolso y asintió. Su radiante sonrisa le iluminó el rostro.

–Sí, me doy cuenta –susurró ella–. Pero para mí es un honor de todos modos ser parte de esta familia. Y mayor honor es ser tu esposa, mi amado Ricardo.

–No, el honor es mío –dijo él y la besó en los labios. Suspiró–. ¿Crees que es posible ser más felices, *cara mia*?

Angie pensaba que era muy posible y, más tarde, le diría por qué. Cuando regresaran del bautizo de Rocco y estuvieran solos en su habitación del castillo, le daría la noticia que sabía que él esperaba.

Pero no en ese momento. Un beso más. Lento, hermoso, perfecto.

Igual que su vida junto a Ricardo. Él era su amor, su compañero del alma, su igual.

Bianca

Su objetivo: atraer, seducir, rechazar.

Diez años antes, cuando su padre fue detenido por fraude, Letty Spencer se convirtió en la mujer más odiada de Manhattan y se vio obligada a alejarse del único hombre al que había querido. Pero Darius Kyrillos ya no era el chico pobre al que conoció, el hijo de un chófer, y había vuelto para reclamarla como suya.

En lugar de saciar su sed de venganza, Darius estaba consumido de deseo desde que volvió a probar los labios de Letty, pero nunca hubiera podido imaginar las consecuencias de sus actos. Iba a ser padre y Letty volvía a rechazarlo. Pero él no estaba dispuesto a permitírselo.

FRUTO DE LA VENGANZA

JENNIE LUCAS

Acepte 2 de nuestras mejores novelas de amor GRATIS

¡Y reciba un regalo sorpresa!

Oferta especial de tiempo limitado

**Rellene el cupón y envíelo a
Harlequin Reader Service®**
3010 Walden Ave.
P.O. Box 1867
Buffalo, N.Y. 14240-1867

¡Si! Por favor, envíenme 2 novelas de amor de Harlequin (1 Bianca® y 1 Deseo®) gratis, más el regalo sorpresa. Luego remítanme 4 novelas nuevas todos los meses, las cuales recibiré mucho antes de que aparezcan en librerías, y factúrenme al bajo precio de $3,24 cada una, más $0,25 por envío e impuesto de ventas, si corresponde*. Este es el precio total, y es un ahorro de casi el 20% sobre el precio de portada. ¡Una oferta excelente! Entiendo que el hecho de aceptar estos libros y el regalo no me obliga en forma alguna a la compra de libros adicionales. Y también que puedo devolver cualquier envío y cancelar en cualquier momento. Aún si decido no comprar ningún otro libro de Harlequin, los 2 libros gratis y el regalo sorpresa son míos para siempre.

416 LBN DU7N

Nombre y apellido	(Por favor, letra de molde)

Dirección	Apartamento No.

Ciudad	Estado	Zona postal

Esta oferta se limita a un pedido por hogar y no está disponible para los subscriptores actuales de Deseo® y Bianca®.
*Los términos y precios quedan sujetos a cambios sin aviso previo.
Impuestos de ventas aplican en N.Y.

SPN-03   ©2003 Harlequin Enterprises Limited

Secretos de cama
Yvonne Lindsay

La princesa Mila estaba prometida con el príncipe Thierry, y aunque apenas se conocían pues solo se habían visto una vez años atrás, se había resignado a casarse con él para asegurar la continuidad de la paz en su reino. Un día tuvieron un encuentro fortuito y él no la reconoció, y Mila decidió aprovechar para hacerse pasar por otra persona para conocerlo mejor y seducirlo antes del día de la boda.

La química que había entre ellos era innegable, pero Thierry valoraba el honor por encima de todo, y Mila le había engañado.

El engaño de Mila podía destruir sus sueños y el futuro de su país...

Bianca

¡Se vio obligado a recurrir a la sensualidad con el fin de vencer la resistencia de su prometida!

El rey Reza, prometido con la princesa Magdalena desde la infancia, por fin había abandonado la búsqueda de su prometida. Pero la sorprendente aparición de una fotografía de la elusiva princesa avivó una vez más la leyenda que había cautivado a su nación… Y a Reza no le quedó más remedio que reiniciar la búsqueda y exigir el derecho a su reina.

Para Maggie, camarera de profesión, la historia de su familia era un misterio. Y aunque, con frecuencia, había soñado con su príncipe azul, nunca le había imaginado tan extraordinariamente guapo como Reza. Pero su naturaleza independiente no le permitía aceptar lo que era un derecho de nacimiento a menos que se cumplieran ciertas condiciones.

NOVIA POR REAL DECRETO
CAITLIN CREWS

NOVIA POR REAL DECRETO

CAITLIN CREWS